モフィス・ラブ♥
〜ミケとオオカミの結婚攻防戦〜

Matsuri Kouduki
髙月まつり

CHARADE BUNKO

Illustration

明神翼

CONTENTS

『しかしながら、世界人口の一割はモフモフなのです』

そう真顔で言ったのは時の総理大臣で、あのときばかりは、いつも紛糾する国会が「モフでよろしいんじゃないですか」と心が一つになった……なんてことはどうでもいいが、世界人口の一割がモフモフであるのは事実だ。

新妻《にいづま》は、改札内のコンビニ店頭に積まれた新聞の『競技でモフ差別？』という見出しを横目にしながらあくびをする。昨日は趣味に根を詰めすぎた。切りのいいところでゲームを終えておけばよかったのに、「あと一戦」を繰り返してしまった。

つい熱くなってしまった末の寝不足だが、電車で二十分は寝られるのが幸いだ。

ワイシャツにアイロンをかけ忘れた今日は、パーカーとジーンズの上にツイードのジャケットを羽織った。ボサボサ頭はニット帽で隠し、足元はお気に入りメーカーのスニーカーを履いた。

フレックス勤務のお陰で、座れなかったことはない。今日もいつもの席に腰を下ろしてバッグを両手で抱きかかえた。

と。

ドア横に立っているスーツ姿の男が視界に入った。

どこか楽しそうに車窓を見ている。

この車両には他にも数人のモフが乗車しているが、みな彼に注目した。姿勢のいい外国人の「モフ」だ。冬だというのにコートもマフラーもしていないところから、寒さに強いモフだろう。

正式には「モフ」は「モフ」ではなくオープン・ファクターと言う。頭部にある耳は髪と同じアッシュグレイで大きく、ひょこひょこ動いて周りを窺っているのがわかる。あの耳の形は犬系のオープン・ファクターだろうが。尻尾も大きくて長い。モフというかモッフモフだ。それが電車の揺れに合わせて左右に動く度、目で追ってしまう。

あの太いモフ尻尾にじゃれついて顔を埋めたら気持ちいいだろうな……なんて、そんなことをしたら変態だ。思うだけでいい。

新妻は「落ち着け俺。しっかりしろ俺。相手は外国人だぞ」と心の中で自分を戒める。子供の頃に外国人が苦手になった。その後、英語を学ぶのも辛かった。音楽だって洋楽は聴かないで済むものは聴かなかった。ただ「フィクション」とわかる映画やゲームだけは例外で楽しめたが、とにかく、生の外国人は今でも苦手だ。

その生の外国人モフの尻尾を触ってしまったら、その時点で気絶するかもしれない。

新妻は「触りたい」と「気絶する」という気持ちを心の中でせめぎ合わせながら、目を閉じる。こういうときは寝てしまうに限る。

目を閉じようと半目になったところで、ドア付近の外国人モフが振り返った。

思わず目が合った。半目だったが。

榛《はしばみ》色の綺麗《きれい》な目だ。初対面の相手なのに思わず会釈をしてしまったのは、彼を不躾《ぶしつけ》に見つめていた負い目からだ。「私は怪しい者ではありませんから」と態度で示して見せただけ。

するとと彼は、瞬きをしている新妻を見つめ返してつかつかと近づいてくると、いきなり隣に腰を下ろした。

素早いのに優雅な動きだ。

「黒くて太くて長い、立派な尻尾をお持ちですね。素敵です」

「……は?」

「俺の日本語が間違っていたらごめんなさい。あなたの尻尾から、大型猫のモフだと連想しました。大型猫のモフが日本にもいるとは思いませんでしたが、ジャケットから見えた尻尾が立派だったので、つい話しかけてしまいました」

「あー………いや、俺は大型猫のモフじゃない。どこにでもいる家猫のモフだ」

体を鍛《きた》えるようになってから、「大型猫のモフ?」とよく言われた。確かに「可愛《かわい》い猫ちゃん」のイメージは皆無なので仕方ない。

「家猫ですか。……結構鍛えています？」

「あ、ああそうだな。運動不足にならないよう鍛えているが、その、ちょっと待ってくれ」

だが彼は待たずに、笑顔でずいと新妻に顔を寄せてくる。

どこの香水か知らないが、甘くていい香りがした。長いまつげが目の下に影を作っている。すっと通った鼻筋に、少し大きめの唇。ああ綺麗だなと素直な感想が出た。アッシュグレイの髪がふわりと動く。触ったらきっと柔らかいんだろう。だが外国人は苦手なので、日本語を話してくれていても一度苦手になってしまったものを覆《くつがえ》すのは難しい。

「あんたが綺麗な顔なのはわかったから、近寄ってくるな。パーソナルスペースってものがあるだろ？　それに、人のプライバシーを知ろうとするな」

「ごめんなさい」

耳をしょんぼりと垂らした素直な謝罪に、新妻は「これは可愛い」と思ってしまった。

「あなたがとても魅力的だったので、つい近くで見たくなってしまいました。素晴らしい毛づやだし、目尻がきゅっと上がっているのもキュートです。あっさりしてこぢんまりとした顔立ちも素晴らしいと思います。現代のモフは完全な動物の姿になれないけれど、大昔のモフは、非常時には動物に変化することが出来たと聞きます。あなたが黒豹の姿にな

れたらよかったのに」

台詞が長い。というか会話をさせてもらえない。勝手に喋《しゃべ》って勝手にうっとりした目の前の男は、今は心底残念そうな顔で「黒豹じゃないんだ」と言う。

俺にとっては今現在が非常事態だ。なれるものなら黒豹になって逃げたい。今すぐに。

新妻は心の中で毒づく。

声に出さないのは、理不尽な逆恨みで事件が起きることを懸念したからだ。

自分の偏見なのはわかっているが、やけにフレンドリーな外国人は特に危ない。

そして、さっきまで外国人モフの立派な尻尾に注目していた乗客たちは、この男が「あ、ちょっとヤバイ？」とわかった途端に見て見ぬ振りをした。

「あ」

男はすっと顔を離して「つい興奮してしまいました。すみません。モフはみな仲間だと思って接してしまいました。俺は悪い人ではないです。ごめんなさい」と真顔で言う。

「わかってくれればいい」

「立派な体格の黒猫モフは素晴らしいです」

「ありがとう。あなたの耳と尻尾も立派です」

世の中には、動物の耳と尻尾が生えたモフであるオープン・ファクターと、耳も尻尾も生えていない人間がいる。

オープン・ファクターが生まれ始めたのは十三世紀頃と言われ、今よりもっとたくさんの種類があったらしいと歴史の教科書に書いてある。かつては下半身が魚の「人魚」や背中に羽の生えた「天使」がいたそうだ。しかしながら、現在のオープン・ファクターは蹄《ひづめ》のないほ乳類だけだ。

かつてオープン・ファクターは「毛者」と、あまりよろしくない名で呼ばれ、さまざまな差別や規制があったが、研究により毛者でない一般人も「動物因子」を持つということが公表されて以来、世界の情勢が変化した。

「毛者」はオープン・ファクターと呼ばれるようになり、公式な場でない限り、現在は日本のSNS発祥の「モフ」を使う。

ちなみに「モフ」はモフモフの「モフ」から取られた。

一番多いモフは、新妻のような「猫」や「犬」のタイプだ。

「俺はオオカミです。シンリンオオカミです。日本のオオカミは絶滅したと聞いて、とても寂しいです」

人なつこい開けっぴろげな外国人の台詞に、車内では再び彼に対する羨望《せんぼう》の眼差しが向けられた。中には「やっぱりね！」「だからあの立派な尻尾！」と囁《ささや》く者もいる。

「なんか、注目を浴びてますか？」

注目ならさっきから浴びているが、彼は気がつかなかったようだ。

新妻は「目の前のモノしか見えてないのかよー」と言いたいのを我慢して口を開く。

「オオカミは恰好いいじゃないか。恰好いい理由を聞かれても上手く言えないが、なんというか……とにかくそういうイメージだ。特に、男なら憧れるところがある」

自分でもこの、頭の悪そうな言い方はどうかと思うが、車内にいた男たちの頷《うなず》く姿がいくつも見えたのでよしとする。

「俺は恰好いいんですね」

「ああ。……じゃあ、俺はここで」

いいタイミングの停車だ電車！

丁度ドアが開いたのをいいことに、新妻は素早く立ち上がってホームに下り立った。

これで、綺麗だが対処に困る外国人と離れることが出来る。

どんなに当たりがソフトでも、人なつこくても、好意を向けられていても、やはり外国人と対峙《たいじ》すると、本当の意味で息が詰まって苦しい。

なのに。

「やあ」

「なんで俺と一緒に降りてんだよ！」

「俺もここで降りるのです」

「そうか。ではごきげんよう」

笑顔でそう言い、きびすを返して改札口へ向かう。背後に気配を感じていたが、とにかく彼から離れたくて早足で改札口を抜けた。

怖いもの見たさで振り返ると、彼はICカードをかざさなかったか、それとも切符を入れ忘れたのか改札で止められている。

新妻はこれ幸いと、全速力で職場に走った。

都心から電車で二十分。最寄り駅から徒歩十分。

緑が多く洒落《しゃれ》た店が多い大通りを一本横に入ったところは、地元の商店街が縦横無尽に伸びており、女性雑誌でも「商店街のカフェ」「穴場のご飯屋さん」などよく特集を組まれている。

商店街の貸しビルにはさまざまな企業が入っており、そこに勤める人々も商店街の飲食店を贔屓《ひいき》にしている。

新妻の勤める雲上《うんじょう》クリエイティブは、都心から移転したときに、商店街の一角に五階建ての自社ビルを建てた。

当時の社員たちは「うちみたいな若い会社がこんな大きなビルを建てちゃって」と不安

だったようだが、今では誰もそんなことは思わない。商店街の旨い店を開拓しつつ現在も精力的に働いている。

新妻はキョロキョロと辺りの様子を窺いながら、他のモフ社員に紛れるようにしてビルに入った。

プランナーの山猫先輩とラブラドール先輩に挟まれるようにしたので大丈夫だろう。あの不思議な男なら、絶対に山猫先輩の太くて綺麗な縞《しま》模様の尻尾や、ラブラドール先輩のツヤツヤモフ尻尾に目を奪われるに違いない。しかも二人とも美人で、最高にスタイルがいい。

「……なにやってんの？　新妻君」

「あら新妻君もこの時間？　私たち、昨日残業しちゃって、今日は十一時からなの」

山猫先輩は首を傾げ、ラブラドール先輩は人なつこい笑みを浮かべて話しかけてくる。

二人とも黒のスーツ姿だが、山猫先輩は白レースがあしらわれたブラウスで、ラブラドール先輩はボルドーに小花柄のブラウスを着ていて、とても似合っている。

「おはようございます。なんでもないです。では！」

朝から綺麗なモフと話が出来て嬉しい。厄が落ちた気分だ。これならすぐに、あの不思議男のことは忘れるだろう。

彼女たちのように社内はスーツの社員が多い。女性はブラウスのデザイン、男性はワイシャツの色で自己主張している者が殆《ほとん》どだが、新妻のようなカジュアルな恰好の社員も少なくない。

仕事柄……というのもあるが、ここは、自分の好きな恰好で仕事が出来るという社員にとっては嬉しい会社であった。

「おはよう新妻……て、時間的におはようじゃないけど、まあいいよな？　お前、めちゃくちゃ走ってなかった？　ダイエット？　筋トレ？」

声をかけてくれたのは同期の斧形《おのがた》海来《みらい》で、丸い耳が可愛く温厚なツキノワグマのモフだ。彼もまたチェスターコートの下はセーターとパンツというカジュアルな恰好で出社している。

焦《こ》げ茶色の癖っ毛と垂れ目を持つ陽気な男で、人の心の機微を察するのが上手い。酔っ払うと熊パンチを繰り出すのが玉に瑕《きず》だが、新妻にはなくてはならない友人だ。

「危ない奴というのは、昼夜季節を問わずに現れるものだと知った。取りあえず、駅で振り切ってそのまま走ってきた」

「マジかー……。お疲れさん。で？　相手はどんな感じ？　一時期流行った、モフを狙うキモイ奴？　それとも、今ローワンさんと話をしてる恰好いいタイプ？　いやしかしあいつ、なんか凄く綺麗じゃない？　しかも耳が大きな二等辺三角形！　めっちゃ立派！　モッフモフなのが離れててもよくわかるわ～」

「……え？」

斧形が視線を向けた先は会社の入り口で、そこには電車内で出会った危ない男がいた。しかも「雲上クリエイティブで頼りになる上司ナンバーワン」に輝く、ローワン李《リ》ことパンダのモフである李浩然《リハオレン》と親しげに話をしている。

なんであいつがここにいるんだ？　俺の走りに付いてきたってのか？　オオカミのモフってそんな運動神経がいいのか？　単に猫のモフが好きなだけで俺を追いかけてここに来るってことは……ないよな。普通に考えれば仕事の取引相手だ。ローワンさんと仲良く話をしてるし。しかしあいつは何者……？

新妻は眉間に皺《しわ》を寄せて、ローワンと男を見た。

どんな話が弾んでいるのか知らないが、随分《ずいぶん》楽しそうだ。そこへ今度は、新妻の直属の上司である田上紗綾《たがみさあや》が合流した。

彼女はクローズ・ファクターだがモフ社員と仕事の相性がよく、口の悪い連中は彼女を「猛獣使い」と呼んでいる。ようは、有能な上司と言いたいのだろうが、田上本人には今一つ受けが悪い。

「あの美形、もしかして今月うちのユニットに入るって言ってたデザイナーだったりして」

「うそだろ、やめてくれ。外国人がユニットに入るなんて聞いてない」

そう言って低く呻《うめ》く新妻に、斧形は気の毒そうな視線を向けて話を続けた。

「だって、そうでなかったらローワンさんと親しげに話はしないんじゃないか?」

「ローワンさんは誰にでも優しい。そして麻雀では誰よりも厳しい」

「それはわかってるけど……あいつがうちのユニットに入ったら、それまで綺麗と可愛いで人気者だった俺の立場が。動物は可愛いのにモフだとちょっと残念な感じと言われていたローワンさんと同じ立場に」

パンダのモフも熊のモフも、耳と尻尾にしか身体的特徴が出ないので、より残念なのはパンダのモフと言われてきた。ローワンは「目の周りが黒かったらコメディだろ。パンダは熊の仲間だからこれでいいんだよ」と真顔で言ったので、「ですよねー」としか返せなかったが、やっぱりなんとなく残念だと思う。

「綺麗は向こうに明け渡して、お前は可愛いでいいじゃないか。この間飲みに行った店のマスターにも『君可愛いねー。特に耳がいいねー。付き合っちゃう?』って迫られてたし」

この世は人間やモフに関係なく同性愛に比較的寛大だ。同性婚をしたい者は国の公的制度である「パートナー制度」を利用すればいい。

また、モフという「種族」は人口が少ないので、クローズ・ファクターと結婚して子孫を増やしていくことがよしとされている風潮もある。

斧形は「俺は突っ込みたい方だし。子供欲しいし。そもそも、あのマスターみたいなタイプは好きじゃない」と宣言して首を左右に振った。

「それより俺、ちょっとあの会話の中に混ざってこようかな」

「斧形、やめておけ。あそこに混ざるより先にすることがあるだろう？　さっさと自分たちの仕事フロアに行こうな」

面倒臭そうだから混ざりたくない新妻は、斧形のボディバッグを摑んで引っ張り、エレベーターに向かう。

「好奇心は大事だろう？」

「好奇心は熊も殺すぞ」

本当は熊のところには猫が入るのだが、斧形は熊なのでわざとそう言った。


フロア出入り口横には、コーヒーとミネラルウォーターのサーバーが置かれ、多目的のテーブルがいくつも並んでいる。社員たちはそこで打ち合わせをしたり、来客と歓談したりと、好き勝手に使っている。また、菓子や総菜パンの自動販売機も置かれて、小腹は空いたが外に食べに行くのは億劫な社員が、好きな時間に交通系ＩＣカードを使用して購入した。

各社員の才能に頼る仕事が多いこともあり、なかなか自由な社風だ。デスクは各ユニットごとにまとまっているだけで、パーティションで区切られることはなく開放的な作業環境になっている。

新妻は自分のデスクに腰を下ろすと同時に、向かいのデスクに斧形を座らせた。

「新妻は乱暴だ」

「うるさい熊だな。蜂蜜《はちみつ》でも舐《な》めてろ。俺はまだ提案書を仕上げてないんだ」

横から斧形が「それ熊差別ー！　モフ差別だから！」と文句を言うが、新妻は知ったこっちゃない。

重要なユニット会議が来週頭にある。そのときまでに、提出する書類の内容を詰めて誤字脱字をチェックし完璧に仕上げたいのだ。

さっそくパソコンを立ち上げて提案に矛盾がないか睨《にら》めっこをする新妻に、さっさと怒るのをやめた斧形が「気合いが入ってるな」と感心する。

「今回の仕事は、関わったクリエイターの名前が全員、雑誌広告に載るって話だ。だとしたらキャリアアップにも繋がるだろ？　それに業界に自分の名前を轟《とどろ》かせたい」

出世がすべてだとは思わないが、それでも、他社とのコンペの際に「ああ、雲上クリエイティブの新妻か」と、自尊心をくすぐられる呼び方をされてみたい。

上司の田上やローワンなどは、すでに他社に名前が知れ渡っているので、その中に自分も入れたら嬉しいなと思っている。

「俺も名前を轟かせたいけど……今回はアレだろ？　この間、『創走《そうそう》』の氏家《うじいえ》さんが持ち込んだ合同イベントの話。あの人、人の褌《ふんどし》で相撲を取るのが上手いって評判だよな」

創走は大手広告代理店ではあるが、こういう名前の轟かせ方は嫌だ。

新妻は神妙な表情を浮かべ「田上さんがＯＫを出した話なら、勝算はあるってことだろうさ」と付け足した。

「あー……そっか！　そうだよなー……。だったら俺も頑張りますか！」

斧形が頷いたところに、田上とローワンが、あの美形で怪しい外国人を連れてフロアに入ってきた。

彼の顔があまりにキラキラしていたからか、はたまた仕事で少し疲れていたからか、女性社員たちは「プリンス……」と呟《つぶや》いて両手を合わせて彼を拝《おが》み、男性社員は「リアリティーショーかなにかの日本ロケ？」と驚いて口をぽかんと開ける。

「丁度いい感じに注目してくれてありがとう。今回からうちの会社で働くことになった、デザイナーのグレイス・ジャック・総太郎《そうたろう》君です。みんな仲良くしてねー」

田上が説明する。名前が長いが、最終的な名前が日本語だった。

顔の作りや骨格からして欧米人だろうと思っていたので、みな内心「え？」となる。

「はじめましてみなさん。『グレイス・パブリック』から出向しました。うちの父とウンジョーさんが仲良くて、交換研修生的なモノをしたかったようです。これからよろしくお願いします。日本語はほぼ独学なので、こちらもいろいろ教えてください」

新妻が瞬きをして彼を見たところで、本人が「ジャックと呼んでください」と微笑んだ。

彼の背景に、次から次へと大輪のバラが花開く動画が見えた。

それくらい威力のある微笑みだった。

しかも社名がアメリカの大手広告代理店の一つ「グレイス・パブリック」ということでフロアがどよめく。

つまりこのバラを背負った美形の外国人は、大企業のお坊ちゃんだ。

隣の斧形まで「マジでいろんな意味でヤバいな、あの美形……」と言っている。

「ちなみに俺は、シンリンオオカミのモフです」

誰かが「やっぱりオオカミか！」と声を上げた。

社員たちが喜んで「我が社にもオオカミのモフが！」「狼！　凄い！」と悦ぶ声が、あちらこちらから聞こえてきた。

俺はもう知ってるけどな、オオカミのモフ野郎。

新妻は軽く頷いて、モフッと尻尾を軽く揺らしているジャックを見つめた。

「はい！　一つ質問！　ジャックは名前に日本名がありますが、ご家族に日本人がいるんですか？　それとも先祖に日本人が？」

社員の一人が手を挙げて質問すると、ジャックは笑顔で「バーチャンが日本人で、ジーチャンと両親がアメリカ人です。全員日本語を理解するモフなんです」と答える。

彼の名前に日本的なものが入っている理由を知って、「なるほど！」と社員たちが頷いた。

……顔つきからまるっきり欧米人だと思ってたが、日本人の血も流れているのか。

肩に力が入っていた新妻は、ジャックに対する苦手意識が若干だが下がる。

「彼は田上さんのユニットに入るから……」

ローワンが言っている途中でジャックが笑みを浮かべながら新妻の下に向かってきた。

あまりに堂々としているものだから、誰も疑問を持たない。

だが、ジャックが力任せに新妻を抱き締めたところで、周りがようやく「えっ！」と声を上げる。社員たちも、新妻が外国人が苦手なことを知っているのだ。

「やっぱりここにいた。俺の見間違いじゃなくてよかった。今日からよろしくお願いします。俺と仲良くしてください！　名前はなんて言うのですか？　俺のことはジャックって愛を込めて呼んでくれると嬉しい、です！」

ジャックは太い尻尾をブンブンと振り回し、目をキラキラと輝かせながら、新妻の肩を摑んで揺さぶった。

苦手な外国人に抱きつかれたり肩を摑まれたりした新妻は、青い顔をしたまま動かない。彼の異変に気付くよりも出会えたことが嬉しくてたまらないジャックが、なおも言葉を続けた。

「俺、日本に来て本当によかったと思う！　あなたに会えてとても嬉しい！　逞《たくま》しいクロネコちゃん！　俺と結婚してください！　プリーズ！　メリーミー！」

彼は今、なんて言った？

周りが目をまん丸にして驚愕《きようがく》したそのとき、新妻は「この野郎！」とジャックの腹に右の拳を一発お見舞いした。

斧形が「うわ、利き腕使ったよ。新妻容赦ねえ……」と頬を引きつらせる前で、ジャックが低く呻いて床に跪《ひざまず》く。

しんと静まり返ったフロアの中、新妻は「言葉じゃ制御出来ないと思ったから行動に出たんだが……もしかしてこれは訴《うつた》えられるのかな、俺は」とだけ言った。自分でも気持ちのいいほど感情が乗っていない声だと思う。だがこの状態では仕方ない。新妻は自分を「そうだよ。仕方ないよ」と許すことにした。

「コミュニケーションの違いから起きた悲劇……のような感じで持っていけば大丈夫かもしれないわ」

田上が至って真面目な口調で言い、ローワンも「日本と海外では今もスキンシップの方法に差があるから」と肩を竦《すく》めた。

「……訴えてもいいのですが、しかし、俺がこの会社でやりたいことは未来のワイフを訴えることではないので、腹が痛いのは我慢します」

ジャックはしょんぼりした顔で両手で腹を撫《な》で回す。

取りあえず訴訟問題にならずに済んだようだが、ジャックは涙目で新妻を見上げて「名前を教えてください。プリーズ」と言った。

ああ、この角度は、大型犬が主に許しを請う角度だ。あー……その顔は可愛いんだよ。お前は喋らずにいつもその顔しとけ。

……なんて言ったら先輩社員によるパワハラになってしまうので、新妻は溜め息をつき、仕方なく口を開いた。

「新妻だ。新妻高史《たかふみ》」

「……どういう漢字を書くんですか？　俺が知ってる漢字？」

新妻はパンツのポケットから名刺ケースを取り出すと、それを一枚ジャックに差し出した。いつもの癖で両手で差し出すと、ジャックもうやうやしく両手で受け取る。

「あ！　よかった！　この漢字は知ってる！　……新しい奥さん」

おい。

フロアにいる全員の心が一つになった。

ジャックが無邪気な笑みを向けたまま「俺のための、新しい奥さんになってくれます?」と言ったので、新妻は再び右手を握り締める。

「あ! すみません、間違えた! えっと、奥さんの予約というかなんというか……」

いや、それもどうかと!

またしても、フロアにいる全員の心が一つになった。

「ジャック、それはフィアンセのことかな?」

よせばいいのに、ローワンが助け船を出した。

「英語では、まあ、そうですけど、ここは日本だから日本的に、予約妻……」

フロアの所々で「ぶっ」と噴き出す音が聞こえた。一番近いところでは、新妻の隣のデスクの斧形から。

「申し訳ないが、俺は当分の間、パートナーを持つ気はない。なので、その予約とやらをしても無駄だ」

新妻は、ジャックを殴る代わりに隣にいる斧形の肩を思い切り叩いて言い切った。

「それは大変俺が気の毒なことです……。予約したいのに」

「性能の悪い翻訳アプリみたいな喋り方はやめろ」

「だったら予約妻さんが教えてくれればいいと思います」

「いやだから、なんで俺が」

新妻の眉間にきゅっと皺が寄る。自分はそこそこ我慢強い性格だと思っていたが、この男を前にすると即座に苛々《いらいら》ゲージが溜まってしまう。

「はいはい！　コメディショーはそれくらいにして、みんな仕事しよう！　取りあえず、新妻はジャックの面倒を見てあげて。頼んだ」

田上が手を叩いてその場を収め、動き出す。

「なんで！」

新妻は納得のいかない表情で上司を見た。

「彼の世話をしながら、外国人に慣れていきなさい。そろそろあなたを海外出張に一緒に連れて行きたいのよ。ね？　頑張れ新妻」

ポンと、力強く肩を叩かれて思わず項垂《うなだ》れたが、斧形が「頑張れ予約妻ちゃん」と言ったので、新妻は再び無言で斧形の肩を強く叩いた。

苦手な外国人だろうが面倒でウザい奴だろうが、後輩には変わりない。本当は一緒に仕事なんてしたくないが、ここで頑《かたく》なに拒否したら、相手がアメリカの広告代理店の令息だけに国際問題にでも発展しそうで恐ろしい。

それに、どこの国でもさまざまな人種が闊歩《かっぽ》するこのご時世、いつまでも「外国人が苦手」なんて言っていられないのだ。日本の鎖国はとうの昔に終了している。

新妻は深呼吸を何度かして心を落ち着かせると、ジャックを手招きして「君のデスクはここだ」と、自分の左隣を指さした。

「ありがとうございます！」

「パソコンは、そこのノート型を使ってくれ。必要ならタブレットもある。最近はタブレットを使う連中も増えたしな。つまり、自分が一番仕事をしやすいツールを選んでくれ」

「俺はタブレットで」

「そうか。じゃあ、会社で使うメール・アカウントを設定しておくか」

新妻は「必要なアプリは入っていると思うから、確認も兼ねて使ってみよう」と言って、ジャックに真新しいタブレットを手渡す。

「ありがとうございます」

「突っ立ってないで座って設定してくれ。わからないところがあったら教えてやるから」

実に先輩らしいことを言ったと思ったところで、ジャックが「すみませーん」と泣きそうな顔を見せる。

「なんだよ」

「難しい漢字は、その、まだ読めないので……」

「え？」

タブレットの設定画面を見ると日本語で書いてあった。英単語はＹＥＳとＮＯだけだ。

向かいの席の斧形が話に入りたそうにムズムズと動いているのが視界の隅に映ったが、新妻は無視してジャックを見る。

「話せるけど読めないって、なかなか辛いです。漢字は難しい……」

少し前までは「予約妻にします！」と自信満々だったのに、漢字を前にしてしょんぼりするのがちょっと可愛い。

「安心しろ。日本人の俺でも、読めても書けない漢字は結構ある」

「俺はあなたの夫に相応《ふさわ》しいように、日本語も完璧に覚えたいです」

新妻はしょっぱい表情を浮かべて「だから俺にはパートナーは必要ない」と釘を刺す。

「……それは、外国人が嫌いだからですか？　ローワンさんも外国人ですよね？」

新妻に気を遣ったのだろう。ジャックは声を低くして囁くように尋ねた。

「嫌いというか……いや、ローワンさんは平気なんだけどな」

「すみません、余計なことを聞きましたね、俺」

しゅんと耳を垂らして大きな体を丸めて上目遣いをする様子は、オオカミどころかまるで子犬だ。でかいけど。

「……まあ、そのうちな。出会ったばかりの奴につらつらとプライベートなことは話さないだろ?」

「それはつまり、俺ともっと親密になってもいいというお告げ?」

なにがお告げだ。うろ覚えで日本語を使うなバカ。

新妻はジャックの大きなモフ耳を指で摘《つま》み「そんなお告げはない」と言った。

「はは。触ってくれた。嬉しいです」

嬉しそうに目を細めたジャックを前に、新妻はしかめっ面でモフ耳から手を離す。

ついうっかり触ってしまった大きな耳は、意外にも柔らかくて感触は薄かった。尻尾の毛並みも柔らかいのだろうか。ちょっと気になる。

「その尻尾は冬毛か?」と聞いてみると、「はい」と返事が返ってきた。

最初に目に入ったのが大きな尻尾だったから気になるんだなあと、新妻はそんなことを思いながら、ジャックに「他の社員たちに顔見せして、そのあとはコーヒーでも飲みながらタブレットの設定しようか?」と提案した。


「日本人は、一日中デスクにくっついて仕事をしているのかと思ってました」

ジャックは、ホイップクリームを山ほど追加したコーヒーのミドルサイズを両手にそっと持って微笑んだ。

「そういう会社の方が多いぞ。うちは結構自由なんだ。それに、君の世話をするってことは社内の案内をしたり、事務の女子の名前を覚えてもらったり、旨い定食屋を教えるってことでもあるからな」

新妻のチョイスはチョコレートシロップとホイップクリームをトッピングしたソイラテで、面倒臭そうに言ってから一口飲んだ。温かくて甘くて美味しい。

自社ビルの裏手にはアメリカでもおなじみのコーヒーチェーンショップがあって、社員たちの御用達になっている。

二人は店の奥に陣取り、「先輩と後輩のコミュニケーション」とやらをしていた。

……とは言っても、新妻がジャックに慣れるための訓練と言った方が早い。

あまり近付かないよう、絶妙の距離を見つけるのに内心必死だ。

「事務の人たちはとても優しかったです。それに、斧形さんという人も面白かったですね。陽気で、屈託《くったく》がない」

「……屈託なんて言葉、よく知ってるな」

「ははは。……よし、設定出来た！」

ジャックがタブレットを両手に持って「日本語のチュートリアルを少し克服」と笑った。

新妻は「子供かよ」と突っ込みを入れて笑った。

「そうやってニコニコしてくれると、俺も話がしやすいです」

ジャックがずいと顔を寄せてきたので、新妻はすかさずその分離れた。

「どれだけ離れていればいいんですか？　新しい奥さん」

「新妻だ。三回間違えたら二度と口をきかないぞ。警告したからな？」

「好きな人に口をきいてもらえないのは辛いので、俺は頑張ります。で、俺はどれだけ離れますか？」

「離れるというか、後ろを向いてくれるのが一番……ってのはうそで！　俺の拳がお前の頬にヒットしない距離で」

後ろを向いてと言ったときにジャックが泣きそうな顔をしたので、新妻は慌《あわ》てて右手を伸ばしてみせた。

「俺も、外国人が苦手というのを克服したいんだ。ただ、気持ちに体が付いていかないというか……。そんなだから今回、田上さんはジャックの世話を俺に任せたんだと思う」

外国人を前にすると、いつも小さな体と細くて貧弱な尻尾を持った小学生に戻ってしまう。

立派な体格の二十七歳の男がなにを言っているのだと笑われそうだが、長年苦手なものはそう易々と克服出来ない。

「……田上さんは、新妻さんが外国人が苦手な理由を知っているんですか？」

た。

入社した当時は先輩であった彼女に、仕事で外国人と接するときに随分と助けてもらった。

「知ってる」

そのとき新妻は、なぜ自分が外国人を極端に苦手とするのかを伝えたのだ。

「新妻さんの体格なら外国人の黒ネコのモフにも負けませんよ？　それに俺たちは身体能力が一般人と違います」

お陰で学生時代の体育の授業はモフとそれ以外、という風に分けられていた。国際大会やオリンピックもそうだ。それぞれの種目でメダルの数は倍で、世界記録も二種類ある。

「それはそうだけど……。あ、そうだ。ここの野菜サンドは旨いぞ？　ハムサンドのハムも分厚い。食べ応えがあるから一度試してみろ。飲み物を飲み終えたら、今度は商店街の食事処を教えてやる」

するとジャックがニッコリと笑い「今、わかりやすく話をすべらせましたね？　あれ？　ずれる？　あー……まあいいか、俺に言いたくないいんですか？　それならハッキリ言ってください」と言った。

察しろと言うのは俺の我儘《わがまま》なのか。

新妻はしょっぱい表情を浮かべて、しばらくジャックを見つめた。もちろんジャックも見つめ返してくる。

「……おい」

「はい」

「周りの視線が痛い」

「新妻さんが答えてくれれば、それで済むことだと思いますが」

「……だから、今日会ったばかりの奴に言う必要があるか？」

少しキツイ口調になったが、食い下がってくるジャックが悪い。

「少々強引に押せば話してくれると思ったのですが手強い。仲良くなってから、ということですか。頑張ります。ローワンさんのような恰好いいモフになります。そうすれば新妻さんのシークレットは俺のものに」

「誤解を招く言い方はやめろ」

「でもローワシさんは外国人ですがあなたと普通に話を…………って、今気付いたんですが、俺たちも今、普通に話をしていますよ新妻さん」

「あ？　だってほら、俺は君の世話…………そうだな。結構話をしているな」

今まで外国人と二人きりでこんなに話が続いたことはない。大体、話の途中で具合が悪くなって退席していた。

新妻はジャックと顔を合わせて目を見開いた。

「不思議なことに吐き気もしない……」

ジャックが一瞬首を傾げる。だがすぐ笑顔になって「俺が綺麗だから」と胸を張った。

「はは。なんだそりゃ」

あまりに下らなくて思わず笑ってしまった。

「綺麗なものを鑑賞するのは大事ですよ」

「……そうだな。でも、それ以上俺に近付かないでくれ。一日やそこいらで治るような『苦手』じゃないんだ」

それにしてもだ。こんなに会話が続いた外国人はジャックが初めてで、自分でもびっくりしている。次から次へと突拍子もないことを言うから、苦手意識を感じる暇がないのかもしれない。

新妻はスーツ姿でちまちまとコーヒーを飲むジャックを見て、「ふふ」と小さく笑う。

「俺、今思ったんですけど」

「なんだ？」

「俺が日本語を話しているから、新妻さんは平気です……と思います。そして俺、日本人の血が入っているので、それも関係しているんじゃないかと。憶測したのです」

なるほど。

ジャックの言うことにも一理ある。新妻は、ローワンとも初対面から日本語で会話をしていたことを思い出した。彼の言葉の端々に北京語《ペキン》が入るのは、麻雀をするときだけだ。

新妻は小さく頷いて、しかし、ふと思った疑問を口にした。

「……祖母が日本人で、日本語を教えてもらっているって話なのに、どうしてそんな変な日本語なんだ」

「日本語が難しいだけです。丁寧語の種類が多すぎます。そして家族には、『お前は言い回しが変だから、もっと勉強しなさい』と言われています」

「あー……うん、俺は間違った言い回しは聞いてて苛つくからなあ」

「俺の日本語の教師は主《おも》にバーチャンです。これでも結構ちゃんと話せるようになりました。聞いている分には、ほぼ理解出来ます」

「そうか。だったら日本にいる間にもっと日本語が上手くなるといいな」

「はい。俺は完璧な日本語であなたにプロポーズします」

今の台詞は綺麗な日本語だったが、新妻は無視して「ははは」と笑う。

「新妻さんは壁が厚い」

「自分に関係ある恋愛事だからな。君はどうか知らないが、俺はストレートだ」

「俺もストレートです。しかし、出会った瞬間に恋に落ちてしまったので仕方がない。落ちる瞬間は、まさにヘルズフォールで落下する勢いです」

ジャックの言葉を下手くそなＡＩ翻訳だな思いつつ、「ヘルズフォールってアメリカの遊園地のアトラクションの名前か？」と尋ねた。

「はい。全米のティーンエイジャーが恐怖した、トルネード落下、マシーンです。男のプライドのために俺も乗りました！　死ぬかと思った！」

想像しただけで恐ろしそうだ。しかも海外のアトラクションは日本のものとはスケールが違う予感がする。

しかし「男のプライド」で、そんな恐ろしそうなアトラクションに乗ってしまう気持ちは、なんとなくわかる。モフであるとかないとか、そういうのとは別に、男にはそういうところがあるのだ。

「日本にも、絶叫しながら乗るアトラクションがいくつもあるよ」

「では、今度一緒に行きましょう。そして新妻さんも恋に落ちて。俺と」

「男女関係なく綺麗な人間に好かれるのは嬉しいよ。それが外国人であってもな。先輩後輩、上司部下、そういう関係で上手くやっていけると思う。だがそこまでだからな？　ジャック」

ジャックが何度かゆっくり瞬きをして、耳をぴょこんと動かした。

ちょっと驚いたような、そんな仕草が可愛いと思う。モフモフって感じで可愛い。可愛いと思ってもそこに恋愛感情など少しも入らない。

「……俺はあなたに嫌われたくないので努力します」

人の話を聞かないウザいヤツだが、こんな風に、面と向かって堂々と言える自信があるのは、ちょっと羨《うらや》ましい。

新妻はしげしげとジャックを見て「なにを」と尋ねる。

「いろいろと！　なので、これからも俺のことを指導してください。俺と一緒にいればあなたの外国人が苦手という意識も薄まるはずです」

キラキラと輝く純真な瞳に見つめられて、新妻は思わず目を逸《そ》らした。


じゃあ次は商店街にでも行くか。小腹も空いたし……と、新妻はジャックを連れて商店街へと入った。

「こんな風にブラブラ歩くことが仕事？」

「そうだよ。ジャンケンに負けたら、ここの商店街までおやつを買いに走らなきゃならないからな。どこになんの店があるか覚えておかないと」

ジャックが「それはまた、面白いですね。職場でいきなりイベントが始まるのか」と感心した声を出す。

活気のある商店街にはさまざまな店が立ち並んでいた。

ジャックが「この店は……なんですか？」と立ち止まったのは、占いの店だった。入り口ドアの前には女性たちが真顔で並んでいたが、ジャックの姿を見た途端に彼に釘付けになる。

そりゃそうだろう。日本では殆ど見ないオオカミのモフだ。しかも綺麗な顔をしている。

通行人たちも「でけえ尻尾」「なんのモフ？」と注目していた。

「そこは人気のある占いの店。ジャック、俺たちが行く店はこっちだよ」

「へー。あ、なんかいい匂いがする！　カスタード？」

「この店は、とろけるカスタードプリンの店。でも、すぐに売り切れる幻の一品」

「そんなに旨いプリンとは……！」

「俺も結構好き」

「そうなんですか？　覚えました！」

歩き出した新妻の横に、ジャックが駆け寄る。

「そんなの覚えるより、正しい日本語を覚えてくれ」

「日本語しか話さない人たちの中で生活したらちゃんと耳が覚えます」

そういうものなのか？

ジャックが自信たっぷりに言うから、新妻は目を丸くする。

「一週間後を期待してください……のです？」

「今のは、最後の『のです？』がいならい。それになんで疑問符なんだよ」

「だから！　丁寧語は難しいんです！」

ジャックが顔を赤くして尻尾を揺らした。

ついさっきまで自信たっぷりだったのに、このギャップはなんなんだ。

新妻が笑いながら「可愛い」と言ったら、ジャックは大きな耳を伏せて「可愛くないです。俺に失礼です」と怒った。

「まあいい。寒いだろ？　日本的な昼メシを食べよう」

「うどんですか？　それともソバ？　ラーメンは何度か食べたことがあります。箸《はし》はバーチャンに習ったのでちゃんと使えますよ？」

誇らしげに胸を張るジャックに、新妻は「そうか」と言って、自分がよく行く定食屋ののれんをくぐった。


新妻と同じものを頼んだジャックは、目の前のナポリタンを見つめていた。

太めのパスタとピーマンとタマネギ、ハムがケチャップで炒められて、大きな楕円《だえん》の銀皿に盛られている。ガラスの小鉢には千切り白菜と柚子のさっぱりサラダ。マグカップにはコンソメスープが入っていた。そして、赤飯のおにぎりが二つ、最後にやってきた。

フォークは先端がナプキンできゅっと包まれている。

「……おおおー」

メニューの短冊《たんざく》が壁に張り巡らされている広い店内は活気に溢《あふ》れ、エプロンと三角巾に身を包んだ中年の猫モフ女性たちが笑顔で接客している。

「ここのナポリタンは隠し味にソースや鶏《とり》ガラスープが入ってて旨いんだ」

「あの」

「ピーマンが苦手だったか？」

「違います。画像でしか見たことのないものばかりで、感動しています。これ、写真を撮っていいですか？」

ジャックがキラキラと目を輝かせて、ナポリタンと赤飯のおにぎりを交互に指さした。

「ああ、うん。そっか……生を見るのは初めてか」

ナポリタンも赤飯も日本以外で見ることはそうそうない食べものだろう。新妻は、いろんな角度で食べものの写真を撮っているジャックを見て「冷めないうちに食べろよ」と言った。

「箸とフォーク、どっちを使ってもいいんですか？」

「ああ」

「俺、日本に仕事をしに来たのか、それとも、食事をしに来たのかわからなくなりそうです。日本人の会社員は、毎日こんな楽しいものを食べるなんて！」

隣のテーブルの二人組のサラリーマンは、片方はトンカツ定食もう片方は焼き魚定食を食べている。その向こうの客は唐揚げ定食とナポリタン。他にも、親子丼やカレーライスを食べている客がいた。今はナポリタンがよく出る時間帯で、ワイシャツやブラウスにケチャップを飛び散らせたくない客たちは紙のエプロンを貰って服を防御しながらナポリタンを食べている。

「弁当を持ってきて社内で食べてる連中も結構いるが、俺は今は外で食べる方」

「弁当……憧れの響きです。……そしてこの太いパスタは美味しいですね！　ケチャップ最高！　こっちの赤いライスボールは初めての食感です。もちもちしてます」

ジャックは赤飯のおにぎりが気に入ったようで、ナポリタンより先に食べてしまった。

「餅米《もちごめ》で作るんだよそれ。噛み応えがあって腹持ちもいい」

「俺は赤飯なら毎日食べられますね！」

「運動しないとめちゃくちゃ太るぞ」

「そうですか。では新妻さん、俺とセックスしましょう」

度肝を抜かれるとはこういうときに使うんだろう。新妻は反応出来ずに固まった。

周りが騒がしくてよかった。誰もこっちに注目していない。

新妻はようやくフォークを皿に置いてナプキンで口を拭く。そして「はあ」と溜め息をついてからジャックを睨んだ。

「俺はストレートだ」

「セックスをすれば一気に親密になれます。もし体の相性に問題があっても、修正が利くと思います。一度試しましょう。俺の新妻さん。予約特典です」

人の話を聞け。そして食欲を満たすところで性欲を満たそうとするなこのバカが。つーか、そんな俺が可哀相《かわいそう》な予約特典などいらないっ！

そう怒鳴ってやりたかったが、ここではギャラリーが多すぎる。しかも食事をしながらジャックを見つめる女性客がどんどん増えていた。

「この店は覚えておけよ。安くて旨いからな」

「はい。俺はオオカミのモフですから、一度歩いた道を間違えたりしません。ところで、今の提案ですが」

「食い終わるまでにそれ以上なにか言ったら、俺はお前の世話はしない」

するとジャックはなんとも素直に口を閉ざした。

会社に戻るまでの道すがら「あの店のアイスコーヒーは、冬でも飲みたくなる旨さだ」

「あのケーキ屋のショートケーキは旨くて、クリスマスの時期はすぐに売り切れる」「あそこのカフェはよく漫画家が仕事してる」「そこにある和菓子屋の大福は最高に旨い」などと説明してやると、ジャックはこくこくと頷く。

食事が終わってからずっと静かなので、まだ自分の言葉に従っているのかと感心した。

「……もう喋ってもいいぞ？　ただし、プライベートの付き合いに関してはナシだ」

するとジャックの尻尾が嬉しそうに揺れる。

「お前な、向こうでもそれだったのか？　出会って早々に」

新妻はジャックを横目に、ゆっくりと歩き出す。

「そんな感じです。だって、それが相手を知る一番早い手立てですから。だからといって誰とでもベッドを共にするわけではなく、自分が気に入った相手だけです」

「一目惚れした相手にか？　結婚しようと迫ってセックスをする。お前が坊ちゃんでなかったら詐欺師だぞ」

「俺はオオカミ気質ですから添い遂げる相手は一人でいい。恋人とパートナーは違います。パートナーは……とても大事な存在です。俺の心に響いた相手は新妻さんだけです。恋人ではなく妻として一生を共に過ごしたいと思ったんです。だから予約したい」

途中まで流ちょうな日本語だったのに最後が残念だ。

「大事な存在なら、簡単にセックスしたいとか言うな」

「だって……セックスは好きな人とするものなのです」

「俺の気持ちを無視するな」

「わかってます。でもセックス出来れば、仲良くなれる。俺たちに必要なのは親密さです」

「あのな、ジャック」

新妻は足を止め、やるせない表情を浮かべているジャックの頭を乱暴に撫で回す。

成人男性の頭を撫で回すのはいかがなものかと思ったが、ジャックは大人しく撫でられている。

「お前は性急なんだ。うちの会社には結構長くいる予定なんだろう？」

「はい」

「人間、親密になるには時間が必要だ」

「だから俺はいつもセックスを提案しています。素早く親密になれます。そうすれば新妻さんのシークレットを知ることが出来ますよね？　ですよね？」

なにを当たり前のような顔で言ってるんだこいつは。

……わからなくもない。この容姿にモフな耳と尻尾だ、セックスを断る相手なんていなかったのだろう。

だが新妻は違う。

ジャックが日本語を話すから外国人でもどうにかコミュニケーションを取れているが、セックスとなったら話は別だ。

「俺は外国人が苦手なんだと、何度言わせるつもりだよ。セックスなんてしたら苦手どころか嫌いになるぞ」

「え……っ！　そんな……予約したのに……嫌いだなんて酷《ひど》い」

ジャックの耳と尻尾が力なく垂れる。

逆に、新妻の太い猫尻尾は苛立たしげに揺れている。

「酷くない。ほら、会社に戻る前にコンビニに寄るぞ。お前の歯磨きセットを買うからな」

「新妻さんは、俺の世話をいっぱいしてくれましたよ。まだ今日は終わっていないのに、親切です。俺は、新妻さんは優しくて真面目で責任感のある人だと思っています」

「それは……どうもありがとう」

「俺だってこれくらいわかるのですから、新妻さんは俺のことを知っているはずです。俺のこといっぱい知ってください。だからセックスしたい。そうすればもっと俺を好きになるのです」

ちょっと勘弁してくれ、この下手くそ翻訳アプリ。

ジャックが真顔で言っている分、言葉の破壊力が大きい。

「日本には、荒療治という言葉があると聞きます」

日本語を習ったのが祖母だからだろうか。ジャックは「新妻さんも荒療治」と真剣な顔で迫ってくる。

通りすがる人たちの視線が突き刺さって痛い。正直自分も逃げ出したい。

「時間をかけて親密になれと言いますが……それは俺に期待を持たせるだけの残酷《ざんこく》な仕打ちです。俺が可哀相」

「いや、だって、俺ストレートだし……ほら、泣きそうな顔をしていないで、コンビニ行くぞ？　会社に戻ったら、先輩たちの作品を見せてやるから拗《す》ねるな」

「拗ねていませんし。ただ少々、傷付いただけですし」

そっぽを向いて頬を膨らます姿はまるで小学生だ。

「ジャック、お前は何歳だよ。子供かよその顔」

「俺は二十三です。成人していますす子供ではないです」

「俺より四つ下だ」

そう言うと、ジャックが「年上は好きです」と頬を染める。

「そうかよ」

「はい。ね？　新妻さん、俺のことをもっと知ってください。いっぱい知って好きになって。俺で外国人を克服してくれれば……ええと、終わりよければそれでいい？　みたいな？」

彼をモフの成人男性と思わなければいいのかもしれない。子供のモフなら、これぐらい図々《ずうずう》しくても可愛いで済むだろう。図体の大きさは無視すればいいか。

新妻は、子供の頃はさぞかし可愛かったんだろうなと、目の前の男の過去に思いを馳《は》せつつ、コンビニに向かった。

「仕事のフロアは三階。ここは二階。トイレ横の洗面台で歯を磨いたら、歯磨き道具はここだ。自分のロッカーにしまう。ロッカールームの向こうは、仮眠室とシャワー室。切羽《せっぱ》詰《つ》まった連中が使うけど、ジャックにはまだ必要ないだろう」

会社に戻って仲良く歯を磨いてから、新妻はジャックにロッカーのキーを「なくすなよ？」と言って渡す。

向かい合ったベージュのロッカーの間にベンチが置いてある、どこか部室を思わせるレイアウトだが、ベンチは北欧のデザインもの、通気性を考えたロッカーは木製で、それぞれ機能美に溢れていた。

「このロッカーは日本製ですよね。ウェブカタログで見たことがあります。いいなあ、木のロッカー。俺専用のか……。嬉しいな」

ジャックが、壊れ物を触るように指先でそっとロッカーを撫で、受け取ったキーで扉を開けて、今まで持っていたタブレットを中の棚に入れた。

「俺のロッカーっぽくなりました」

「そうだな。私物はみんな、大体ここに置いてある。ただし、洗い物が出たらちゃんと持って帰れよ？　以前、雨に濡れたTシャツをロッカーの中に入れっぱなしにしていた先輩が恐ろしい目に遭《あ》っている」

ジャックが「うわあぁあ……」と頬を引きつらせて、首を左右に振った。大きな耳がモフモフと揺れ動くのが可愛い。

「わかりました。あの、ところで、新妻さん」

「なんだ？」

「その帽子、ずっと被っていて蒸れませんか？　俺、新妻さんの猫耳見たい」

そう言ったジャックの右手がぬっと頭に近付いてきたので、新妻は慌てて「やめろ」と言いながら一歩余分に離れた。

「蒸れて禿《は》げたら大変です。モフだって禿げるんですからね」

「知ってるって。これはお洒落なの。帽子込みで今日の俺の服装なんだ」

「スーツは？」

「この帽子でスーツを着ていたら不審者だろ」

「俺は……新妻さんのスーツ姿を見たいです。きっと恰好いい。なんならプレゼントさせてください。俺がいつも仕立てているブランドの支店に行きましょう」

一体いくらするんだそのスーツは。俺には似合わない。ありがた迷惑だ。

新妻は「気持ちだけ受け取る」と言って、ジャックをしょんぼりさせる。

「あー……たまには着るよ。外から人が来たときの会議とか、社外コンペとか」

「俺も『外から来た』に入ると思います。俺の前でスーツ姿になって」

「外から来ても、ジャックはもううちの社員だろう？　期間限定だけど……って、これはなんの真似だ？」

気がついたら、ジャックの両腕が顔の両側にあった。背後はロッカーだが、これはもしかして「壁ドン」というものだろうか。かつてもてはやされた体勢だが、今は古いんじゃないか？　それとも定番になったんだろうか？　随分とやり慣れている感じからして、これが似合う連中にとっては定番になったのだろう。新妻はそんなことを思って。目の前の綺麗な顔を睨む。

「新妻さん」

「それ以上近寄ったら吐くぞ。ほら、今も鳥肌が立ってる」

顔を寄せられると、胸の奥が苦しくなる。気持ち悪さで。それでも、随分我慢出来るようになった。以前はこんな近い距離は我慢出来なかった。トイレに駆け込んでいた。随分な進歩だが、でも、苦しい。

新妻は低く呻いて「どけ」と言った。

「え？」

「だから、調子に乗るなよジャック」

きっといい香りのコロンなんだろうが、今は匂いを嗅《か》いだだけで目眩《めまい》がする。息が苦しいよりも、吐いて胃の中を空にして眠ってしまいたい。体が重い。

「新妻さん！　なんか顔色が悪いです！」

「…………吐きそう」

それだけ言って、新妻はその場にずるずると蹲《うずくま》った。


目を閉じて深呼吸をしていたら少しは気分が楽になった。

冷や汗で背中や首筋がべっとりと濡れて気持ちが悪い。

「はー……参った」

新妻はロッカーを背もたれにして床に座り、のろのろと足を投げ出した。ジャックがいないのは、きっと誰か助けを呼びに行ったからだろう。気が遠くなるまで彼の「新妻さん」と呼ぶ声が聞こえていた。

「あのワンコめ」

一目惚れしたから予約妻だの、セックスして相性を確かめようだの、早く俺を知ってくださいだのうるさい。会って一日の俺になにが出来るっていうんだ。というか、本当に人の言うことを聞かない奴だな。俺の気持ちは置いてけぼりで、どうやって夫婦になるんだよ。バカ犬め。オオカミのモフならオオカミのモフらしく、もっとこう、雄大に……。

満月夜、崖に佇《たたず》むジャックの姿を思い浮かべた。

イメージ先行なのは仕事柄仕方がない。でもきっと、本人にモデルをやらせたら美しいポスターになるだろうという確信はある。

「来週は大事な会議があるのに……こんなんじゃダメだろ俺」

低い声で弱音を吐いたところに、「おい新妻！」と斧形の声がした。

「こっちです！　斧形さん！　俺の新妻さんが！　具合悪くなって！」

「わかったから。な、落ち着けジャック」

「でも、俺がじっくり攻められなかったせいで……」

「え？　お前らなにやってたの？　ここで」

斧形のちょっと引いた声が聞こえた。恥ずかしい。穴があったら入りたい。そしてジャックはもう黙れ。

新妻は声を出して反論する気力もなく、斧形とジャックの声が近付くのを待った。

「あー………いつものヤツか。でも吐いてないだけ進歩したじゃないか」

現れた斧形は、ペットボトルの水とバケツ、床拭き用のウエットシートを持っていた。その後ろには、耳はぺたんこ、尻尾は足の間に丸まっているジャックが泣きべそ顔で立っている。

「海外から来た後輩の前で吐けるかよー……休んだら楽になった」

「そうか。取りあえず荒療治の成果はもう出たってこと？」

斧形が「はいよ」と水を差し出したのでありがたくいただく。

冷たい水が喉を通って体を中から冷やしていくのがわかった。気持ちがいい。

「……すみません。俺が調子に乗ったせいで。こんなに酷いとは思わなかったんです。人間の顔ってあんな白くなるんですね。俺のミスです。反省と謝罪を受け取ってください」

ジャックがぺたんと新妻の前に膝をつき、深々と頭を垂れる。

「あんまり近付くと、俺がこうなるからな？　気をつけろよ？」

「俺のことをいろいろ知って欲しいし、新妻さんのことをいっぱい知りたいですが、さすがに……俺もセーブします。好きな相手に無理強いは出来ません」

「あのさ、新妻。お前、ジャックを使ってなにをしてたの？」

なにかよからぬことを想像した斧形に、新妻は「使ってない！」と顔を真っ赤にして言い返した。

「いやでも、ショック療法とかあるしなー」

「苦手な相手とセックスして、苦手を克服しましたなんてことがあってたまるかよ。それって俺はどんだけM男だよ。ありえねえ自虐《じぎゃく》」

「でもほら、これだけ綺麗で、お前に惚れている相手ならあるいは……」

「ない。ほら、デスクに戻るから肩を貸してくれ」

可能性を語ろうとする斧形を一蹴《いっしゅう》し、新妻は右手を伸ばして彼の腕を掴む。

「あの、それは俺が……」

「大丈夫だジャック。俺に任せておきなさい。こいつの世話なら慣れてるし」

「新妻さんは俺の予約妻なので、大切にしてください」

すると斧形は笑って「了解」と言った。

新妻は「ジャックはもう黙れ」と言って、耳まで赤くした。

本当ならば、ジャックが来た日に歓迎会を行う予定だったが、新妻の具合が悪くなったので数日延期となった。

現在、週が明けた火曜日の午後六時半。

久しぶりにスーツを着た新妻は、前髪の流れを気にしながら口を開く。

「いっそ、ケータリング頼んで会社でやってもよかったな」

「だからといって、なんで今日？　会議のあとはさっさと帰りたいんですけど」

いつも元気な斧形が、げんなりとした表情で文句を言う。今日は彼も珍しくスーツ姿だ。

「でも、行きつけの店が今日しか空いてなかったのよ」

田上がそう言って目を閉じた。

「そういえば事務の子たちも『正直、嬉しさ半減』って言ってたなあ……」

ローワンが、スラックスのポケットに両手を突っ込んで「どこから仕入れた情報か知らないが、耳ざとい人だよ」と肩を竦める。

つい三十分前まで会議をしていた。

白熱した「次世代ウエディングプラン」の会議だった。

大手広告代理店『創走』からの資料を見て、どれだけの人が「自分らしさ」「自分だけの特別」を意識しているのかよくわかった。

新妻は、金をかけずに楽しく……という現実はわかっていても、「こんなことをしてみたい」という夢を持っているユーザーが実は多いことを知って嬉しくなった。

視線の先には創走の氏家がいて、彼は現在、ジャックを賛美することに夢中になっている。

チェック柄のワイシャツにノーネクタイ。チョコレートブラウンのジャケットにチャコールグレイのスラックス。足元はいかにも高価そうな革のスリッポン。肩までの長い髪はゆるふわウェーブで、アッシュグレイに染めている。銀縁のロイド眼鏡をかけてもずり落ちないのは彫りが深く鼻が高いからだ。物腰はソフトで口調も優しいが、性格に難有りなので特に女子人気がない。

「なんで氏家さんたちまでジャックの歓迎会に来るの？　創走の人たちいらないだろ。仕事じゃないんだから」

斧形の言うことはもっともだが、クライアントの申し出を無下《むげ》には出来ないのも事実。創走はこの会社にとって実入りのいいクライアントの一つなのだ。

「私は、あの人の希少種モフ至上主義というか崇拝的なところが苦手なのよね」

田上は、氏家に聞こえないように小声で、だがハッキリと言う。

「でもこの間までローワンさんにべったりだったのに、今はジャックにべったり」

「そうだね。ジャックには申し訳ないがスッキリした。爽やかな気分だ」

斧形の呟きに、ローワンが実にいい笑顔を見せた。

「田上さーん！　で結局、何人増えるんですか？」

今夜の幹事である別ユニットのプランナーである山猫先輩が、アイラインばっちりの印象的な目で田上に確認する。

「三人増えました。ごめんね、席、融通《ゆうずう》利くかしら？」

「大丈夫大丈夫。彼らはどうせ最後までいないでしょ？　いつも『これから芸能人の誰々と会うんだ』とかいちいち言ってみんなの注目を集めてから帰っていくし」

その発言に斧形とローワンが笑った。

「創走の担当、早く替わればいいのにね」

山猫先輩は笑顔でそう言って、スマートフォンを片手に歓迎会会場の店に電話をかける。

「俺はそのうち替わるって話を聞きましたけど、あれ流れちゃったのかな。うちはモフが多いから、氏家さんが異動したくないのかも。なあ新妻」

斧形に話しかけられても、適当に「ああ」と頷いただけで終わった。

新妻はゆっくりと立ち上がり、氏家に話しかけられているジャックを呼ぶ。

「氏家さんすみません！　ジャック、ちょっといいか？」

するとジャックは、氏家に一礼してから物凄い勢いで新妻の下に戻ってきた。

「もっと早く声をかけてください。俺の尻尾が足の間に入ってたの気付いたでしょう?」

ジャックは目に涙を浮かべて「酷い人です。でも好き」と言って新妻に顔を寄せる。キスでもしたかったのだろうが、新妻はすぐに右手で彼の頭を摑み、力任せに、横にいる斧形に放った。

「いきなり受け止められないよー」

「酷いです、新妻さん」

二人に文句を言われても、新妻は「俺が吐いたらどうするんだ」と言って黙らせた。

「新妻さんの具合が悪くなるほど近づいてません。この距離は親しい友人の距離です。恋人の距離ではないのです。でも、あの人から解放してくれてありがとうございました」

ジャックは大きな耳をピンと立てて、「はー」と深呼吸した。

さすがに氏家も、こっちの会話には入ろうとはしない。彼は、雲上クリエイティブのような若い会社を常に下に見ている。

「しかしさ、たった数日で、随分と日本語が上手くなったよな。感心するよジャック」

ローワンに褒められて、ジャックは照れながら「家にいる間はずっと教育番組を観てましたから。充実した週末でした!」と胸を張った。

「それだけでここまで上手くなるか?」

「斧形さん、俺はちゃんと日本語を覚えて新妻さんに相応しい男になりたいんです」

「愛が原動力か。それは強いや。頑張れ。障害はいろいろあるけど頑張れ」

斧形がジャックの肩を叩き、ローワンは「職場が気まずい雰囲気にならなければ、俺は構わないよ」と頷き、田上は「みんな若いからいろいろ経験しておくといいわ」と、少々不穏なことを言った。

「そろそろ場所を移動するか」

新妻が時計を見た。

ジャックの歓迎会は強制でなく希望者だけというもの飲み会と同じだが、いつも以上に出席率が高かった。


ジャックがリクエストしたのは、「和風」と「掘りごたつ」で、会場は商店街の中にある創作和食料理店となった。ここは奥に掘りごたつ式の広い座敷があって、新妻も何度か来たことがある。

座席順は特に決めていなかったが、ジャックが「俺は新妻さんの隣！」と笑顔で言ったので、「じゃあ、新妻さんの座る場所を基準にして……」となった。

「お前、俺の向かいに行けよ。そうすれば俺の具合が悪くならないんだから」

「そんな酷いことを言わないで。俺が来てから、新妻さんは随分外国人に慣れましたよ？　今日だって、お昼にいつもの定食屋さんで外国人に話しかけられても、挙動不審にならなかったじゃないですか？　答えたのは俺ですが」

むふーんと「ドヤ顔」を見せるジャックに、新妻はなにも言い返せない。

たった数日で、この後輩は実に生意気になった。

「あと、今日は最後まで新妻さんのスーツ姿を堪能します。猫耳可愛いです。完璧な黒猫じゃないところが、凄く可愛いと思います。前髪の一部が白いの最高。そしてやはりスーツ姿が似合います。会議があるからスーツだったんですよね？　これなら毎日会議があればいいのに。今日一日、俺はスマホで新妻さんの写真を撮りまくりました。コレクションが増えて嬉しいです！」

開けっぴろげに新妻を賛美するジャックは、早くも職場の名物となっている。

社員たちは、最初こそ「大輪のバラを背負った王子様」と頬を染めたりもしたが、今は「やっぱり王子様は見る専門よねー」という結論に落ち着いた。

ジャックは今、「職場に凄い美形がいる。しかもシンリンオオカミのモフ」と、友人たちに自慢したい社員たちのためにツーショット写真の相手になっている。

結局、ローワン、新妻の順に奥に腰を下ろし、ジャックの右隣には氏家が座った。その他の創走の社員は別のテーブルの前に腰を据《す》えている。

　ローワンの前には田上、新妻の前には斧形……となり、職場のレイアウトと変わらないことに気付いて笑ったら、斧形までつられて笑い出した。

「足をブラブラさせることが出来て楽しいですね。あとこれ、畳ですよね？　畳！　感動の畳！」

　ジャックは子供のようにはしゃぎ、今は割り箸を見つめている。彼はまだ、割り箸を綺麗に割れたことがなかった。

「みなさーん！　まずは飲み物頼んでー！　ソフトドリンクも飲み放題に入れておいたからねー！」

　もう一人の幹事であるラブラドール先輩が大きな尻尾を優雅に揺らして、腰を下ろした参加者たちに声をかけて回る。途中で「先輩っ、あっ尻尾が！」と、頭を優しく叩かれてしまった後輩たちが頰を染めて喜んでいる姿が見えた。

　ジャックはみんなと同じビールを頼み、真剣な表情で割り箸を割った。今度こそちゃんと割れますようにと期待を込めて。

　しかし今回も上手く割れずに、可哀相な姿になってしまう。

「あー………悔しい」

「バカだな。ほら、寄越せ」

新妻は自分が綺麗に割った箸をジャックに渡し、彼の不恰好な割り箸を自分の箸置きに置く。

氏家が「新しいのを貰えばいいのに」と言ったが「まあまあ」で終わらせた。

「新妻さん……愛してる！」

「はいはい。ここのお通し、いつも旨い物を出してくれるから楽しみなんだ」

ジャックの言葉をするりと聞き流して、新妻は「お通しでーす！」と言いながら店員が持ってきた大きなトレイに注目する。

小鉢には厚揚げと大根の煮浸《にびた》しが入っていた。

これには田上も「女子はこういうの好きよ！」と言って笑顔で小鉢を受け取る。

ローワンは「男子も好きですよ」と言い、あとからやってきたビールの中ジョッキを受け取った。

山猫先輩の音頭で乾杯し、ジャックは「日本の歓迎会」を満喫する。

料理はコースの大皿料理だが、斧形が小皿に分けるのが好きなタイプなので取り分けるのを任せた。

ジャックはどの料理にも「画像で見た！」と喜んで箸を伸ばして腹に収めていくが、さすがに刺身のタコには食指が動かなかった。

「新妻さんはなにが好き？」

ジャックは三杯目の中ジョッキを両手に持って、新妻に顔を寄せる。

素面なら「近い」と怒る新妻も、今は気にしない。彼はビールは二杯でやめ、今は梅酒のソーダ割りを飲んでいる。

「え？　今だと生牡蠣《なまがき》かな」

「俺もオイスター大好きです。あとロブスター。ケイジャン美味しいです。今度一緒に行きましょうね」

「アメリカかよ」

「はあい」

陽気に返事をするジャックに、聞いていた周りがクスクスと笑う。まるで子供みたいに無邪気に酔っ払うシンリンオオカミさんだ。

「しかし……新妻を見てよ。あの子、ジャックとあんなに顔が近くなってるのに具合が悪くなってないわ」

田上が日本酒のグラスを傾けながら感心する。ローワンも「それは俺も気付いてた」と頷いた。

斧形は「毎日ずっとジャックの面倒を見てるから、本当に慣れてきたんじゃないですか？」と暢気《のんき》な見解だ。

「素面じゃないのが残念よね。本当だったら、今頃は新妻がグレイス・パブリックに行ってたってのに。勿体《もったい》ない」

「田上さん、俺は？　俺」

「斧形は、新妻のあとに行かせる予定でしたー」

「過去形！」

　斧形は「まあ、チャンスはまたありそうだからいいか」と早くも前向きに考え、小皿の唐揚げを口に入れる。

「……ほんと、ジャックの髪は綺麗なアッシュグレイだよね。それは天然なんだよね？　僕は染めてこの色だもの。お揃いだねなんておこがましくて言えないよ。いやあ素晴らしいなシンリンオオカミのモフは。尻尾も実に立派だ。銀狐の尻尾のように綺麗だ」

「いや、銀狐の尻尾と俺たちの尻尾は比べものになりません。もう銀色の宝石ですから、彼らは。それに比べたら俺の尻尾はただモフモフなだけだし」

「そ、そうなんだ……でも僕は、君のような美しいオオカミと出会ったのは初めてなので、とても嬉しいよ。モデルもしてみないか？　テレビＣＭでもいい。君が頷いてくれれば僕はいくらでも企画書を出すよ。それで、その、尻尾をね、ほんの少し……」

　氏家が言い切る前に、ジャックが新妻に「新妻さーん、俺も同じの飲みたい。ウメシュってなんですか？　日本の果物？」と言いながら、こてんと彼の肩に頭を乗せた。

　向かいに座っていた斧形は、新妻がいつ吐いてもいいように咄嗟《とっさ》に両手におしぼりを持ったが、当の新妻はポヤポヤとしたままジャックの頭を肩に乗せている。

田上とローワンも「え？　え？」と慌てるが、新妻に異変はない。

「んー……？　じゃあこれ、一口飲むか？」

新妻は「ほれ」とジャックにグラスを手渡す。

「あ、俺、これ………ダメ。なにこれ、酸っぱい。酸っぱい！」

グラスに沈んでいた梅を囓《かじ》ってしまい、ジャックが「水ください！」大声を出した。

「バカだなあ、お前」

新妻は上機嫌で笑いながら、ジャックの頭を乱暴に撫で回して、最後にモフモフの耳に触れてきゅっと摘む。

「これ、気持ちいい。柔らかいぬいぐるみを触ってるみたいだ……。凄く癒される」

同僚と先輩たちは、新妻が今酔っていてよかったと思った。そうでなかったら、こんな風にジャックとベタベタする前に気分を悪くして倒れただろうから。

「尻尾はもっとモフモフですよ。ね？　触っていいよ？　新妻さん。俺の尻尾に是非とも触ってください。あなたは俺の予約妻だから、いくらでも！」

「そんな、いい年をした男が……俺は来年二十八だぞ……ああでも、ちょっとだけ……」

もふっと、触れた。手のひらがゆっくりと尻尾に沈み込んでいく。

動物の尻尾とは違うようで、どこまでも柔らかい。トップコートも柔らかくて、まるで天国の心地よさだ。

「これは、人としてダメになる尻尾……」

そう呟いて、新妻はジャックの尻尾に顔を埋めて眠った。


「氏家さん、めちゃくちゃ機嫌悪かったよね。さっさと帰っちゃったし」

「新妻がこの状態じゃ仕方がないよ。ジャックを独占したからな」

田上とローワンの笑い声が聞こえる。

「新妻、そろそろ起きろ。二次会に行くぞ」

斧形が、控えめに肩を叩いてくる。二次会は遠慮したい。明日も仕事なんだ帰って寝たい。今も寝てるけど、寝たい。

新妻は自分が顔を埋めている非常に柔らかなものに頬摺りをして、目を閉じたまま「帰る」と言った。

「でしたら俺が連れて帰ります。半分は俺の責任なので」

日本に来てまだ数日の、生意気な後輩がなにを言っている。

新妻はぱちりと目を覚まし、勢いよく起き上がった。

周りには殆ど人がおらず、テーブルの上もほぼほぼ片付いている。

「起きたかよ、ねぼすけ。二次会に行くけどお前はどうする？」

斧形の問いかけに「帰る」と答えて立ち上がる。久しぶりにスーツなど着たのでネクタイが苦しい。

田上が「髪の毛、ほら、ここ、跳ねてるからピンで留めておかないと」と言って、バッグの中からヘアピンを取り出すと、新妻の前髪の上辺りの毛をまとめてピンで留めた。

「帰宅して寝るだけなのに？」

ジャックが田上に問いかけると「スーツ着て髪を跳ねさせてるのって恰好悪いじゃない」というもっともな答えが返ってきた。

新妻とジャックは二次会には参加せず、そのままのんびりと歩いて駅に向かった。

「お前の尻尾、凄く気持ちよかった。触らせてくれてありがとう」

帰宅ラッシュと反対方面に向かう電車の最後尾車両には自分たちだけで、他には誰も乗っていない。

まるで深夜の貸し切り列車のようで、新妻はちょっと楽しくなった。

「モフの尻尾は、家族か恋人かパートナーしか触らせないでしょ？　俺は、なんの関係もない氏家さんに触って欲しくなかったから」

「え？　あいつ、お前の至高の尻尾に触ろうとしたのか？　なんなんだよ！　ダメに決まってるじゃないか！　これからも尻尾を大事にしろ、いいな？　ジャック」

怒った新妻の尻尾がボンと膨らんだ。

「だから、俺も、新妻さんの尻尾に触っていいですか？　今、凄く可愛いことになってる」

「ん？　こんなのどこにでもいる猫のモフ尻尾だぞ？」

「俺にとっては大事な尻尾です。だって好きだから……。俺、今日の飲み会で新妻さんのことをいろいろ知りました。酔うと陽気になるとか、俺より酒が弱いとか、こんなに顔を近付けても平気だとか……。田上さんたちが見守っている中、俺たちここまで顔を寄せて話をしてました」

ジャックが、鼻が付くくらい顔を寄せてきた。

目のピントが合わずに、少し寄り目になる。

「あーホントだ。気持ち悪くないな。平気だ。酔ってるからか。凄いなアルコール……。しかし、酒飲みながら仕事をするわけにはいかないからなあ」

酒瓶片手に仕事をしている自分の姿が浮かんできて、新妻は笑い出す。

「一番嬉しかったのが、俺の割り箸を使ってくれたこと。愛されてるなあって感じました」

だ。

「俺は世話好きなだけだ」

「ただの世話好きじゃないです。俺の尻尾気持ちよかったですよね？　ずっと触ってて、ちょっと照れ臭かったけど……その百倍も嬉しかった。愛されてるって感じた。きっと無意識のうちに新妻さんは俺を愛しているんです」

　こてんと、ジャックがまた新妻の肩に頭を乗せた。こういう甘え方は嫌いじゃない。それになんと言っても髪の毛がふわふわして気持ちいい。大きな耳が頬に当たる感触も好きだ。

　なんなんだお前、俺の苦手な外国人なのに、まったく気持ち悪くならないぞ。

「俺は酒を飲んでいい気分で、お前は日本語を喋ってるから、だから俺は気持ち悪くないんだ。それだけだよ。お前が笑いながら唐揚げを頬張っていたり、枝豆の中身をいろんなところに飛ばして恥ずかしい顔してたなんて、そんなの理由じゃない。それと、にんじんは食べろ。体にいいんだ」

「……新妻さん、俺のこと、結構見てたんじゃないですか！　確かにそうですよ。俺はにんじんが嫌いで、唐揚げ好きです！　覚えた？　でもタコは嫌いです。怖いから。もっと覚えて。俺のこと知って。いっぱい仲良くなってよ……」

「仲良くなって、どうすんだよ。俺はストレートだって言っただろ？」

「じゃあ……キス。いきなりセックスするのはやめますから、キスさせて！　それならいいですよね？　だって新妻さんは俺の予約妻だ」

新妻は無言でジャックの頭を叩いた。パーで叩いたからそれほど痛くないと思っていたのに、彼は涙を浮かべて「頭蓋骨《ずがいこつ》が揺れた」と抗議する。

「いくら俺たちしか乗っていない電車でも、キスなんて出来るか」

「出来る。大丈夫。次の停車駅まであと七分！」

ジャックが体を起こして立ち上がり、座っている新妻の両肩に手を置いた。ふっと、新妻の猫耳が戦闘態勢になる。ようするに耳が後ろを向いてぺたんこになった。

「本気か。吐いても文句を言うなよ」

「新妻さんは吐かない。俺と気持ちのいいキスをするんだ。絶対だから」

「お前のその、根拠のない自信はどこから来るんだよ」

「バーチャンが……『好きな人が出来たらとことん押しなさい。そうしたら相手は根負けして好きになってくれる。あんたのおじいさんもそうやって押しまくってきて、私は根負けして幸せになった』って言ったから。多分これは、我が家の血筋」

力が抜けた。

なんだか無性に笑いたくなった。ジャックが真剣な表情をすればするほど、それがおかしくて、唇の間から「ぷふ」と空気が漏れる。

「なんだお前、もう……どうせなら、ちゃんと仕事が出来るところを見せてアピールすればいいのに、なんで、そんな変なところで……は、ははっ、ああもうダメだ」

「なんで笑うの？　俺はこんなに真剣なのに！」

でも新妻の笑いは止まらない。

それと同時に体からアルコールが抜けていく感じがした。意識がだんだんとハッキリしてくる。

きっとそろそろ、ジャックとの距離に違和感を覚えるだろう。なのに。

「もう！」

ジャックが両手で新妻の頭を押さえた。

「なんだよ。モフは力が強いんだ。俺の頭を潰す気か？」

「違うよ新妻さん」

ジャックの唇が、新妻の唇を包み込む。

「ん……っ」

薄い唇をこじ開けるようにして、新妻の口の中に熱い舌が入り込んできた。

両手で頭を押さえられているので身動き出来ない。舌の動くいやらしい粘着音が頭の中で響いて、新妻の体から官能を引きずり出していく。

最後にキスをしたのはいつのことだろう。最後にセックスをしたのはいつだったか。

思い出せないほど昔の感覚が、今、ジャックによって剝《む》き出しにされた。

「は、あ……っ」

「新妻さんの舌、少しざらついてるね。猫科のモフの舌って凄くエロい」

「バカ……こんなところで……やめろ……っ……吐いたら、お前だって困るだろ」

口の中を薄く熱い舌で掻《か》き回されて、上あごを舐められたところで、腰がびくんと揺れた。

吐くどころか気持ちよくてたまらない。ああクソ、なんでだ。まだ体に残っているアルコールのせいなのか？

股間に急速に熱が集まったのがわかった。もどかしくて膝頭を擦り合わせていると、ジャックの右足でこじ開けられる。

「もっと、足、開いて。ね？　気持ちよく、してあげるから。新妻さん、大好きだよ。俺に気持ちよくさせて？　酷いことはしないから、ね？」

耳元に囁かれるのは、随分と流ちょうになった日本語。

新妻は「電車の中はダメだ」と首を左右に振って、ジャックの我が儘な動きを止める。

「いじわるだ、新妻さん。俺だってもう、こんなに熱くなっているのに」

ジャックが新妻の耳を甘噛みしながら右手を摑み、それを股間へ押しつけた。ジャックの股間はスラックスの上からでもくっきりとわかるほど熱く脈打っている。

「ダメだって、おい」

「誰も見てない。ね、新妻さん。二人で気持ちよくなろう?」

「こ、公共の場では……ダメだ……っ」

「じゃあ、新妻さんのうちに連れてって」

ジャックの甘い声に、小さな笑いが混じる。

ここで頷いてはいけない。わかっているはずなのに。

「ねえ、新妻さん」

ジャックが甘えるように笑うから、新妻はつい頷いてしまうのだ。

「まだ、体に酒が残ってるし」

取って付けたようなうそを呟いて溜め息をついた。


歩くのが面倒で、最寄り駅からタクシーに乗った。

結構な築年数の古いマンションは、耐震性は落ちるが家賃は安い。エレベーターのない四階建ての四階角部屋まで、時折足をもつれさせながら階段を上がった。

「面倒だろ」

「パリのアパートに比べたら全然平気です」

そんなお洒落なところと比べられてもなと、新妻はあくびをしながらカギを開けた。

中は十畳ほどだが、造りが古いので押し入れが大きく収納に困ることはない。

新妻は照明のリモコンを操作して部屋を明るくすると、ソファ代わりのベッドに腰を下ろしてネクタイを緩めた。

どうしよう。今はすっかり素面で、じっとりと冷や汗がシャツに滲《にじ》んでいる。尻尾はだらりと力なく垂れ下がっているし、耳なんてぺったんこもいいところだ。

そんな新妻の焦《あせ》りも知らず、ジャックは「綺麗に片付いていますね」と言いながらジャケットを脱いだ。

「俺は最速最短で、新妻さんのプライベートに侵入出来ました」

「おう」

「さっさとセックスしなくても、こういうこともあるんですね。あなたが俺の予約妻で本当によかったです」

「そうか」

「ここまで我慢するのは辛かったですが、でも、これから新妻さんとセックス出来るし！」

「その、汗を掻いているだろ？　シャワーを浴びてこいよ」

その間に、この危機をどう乗り越えるか考えたい。

新妻は冷静を装ってジャックに言った。

「え？　一緒に入らないんですか？　俺はてっきり一緒に入るものだと……」

嬉しさに打ち震えていた彼の尻尾の動きが止まる。

「俺は男が初めてなんだから、心の準備をさせろ」

「新妻さん、もしかしてすっかりアルコールが抜けました？」

ジャックが目の前で跪いて、すっと顔を近付けた。

鼻と鼻が触れ合う距離まで顔を近付けてから、目のピントが合う距離までそっと離れる。

それでも、随分と距離が近かった。

「気持ち悪い？　俺がこんなに近付いても、平気？」

「平気と言えば平気……かも。吐き気はない」

「だったら、心の準備はいらないと思います。新妻さんはもうすでに準備出来てますよ」

「は？」

「こんなに早く慣れてくれてとても嬉しいです。俺に対する苦手意識がなくなったら、きっと他の外国人と接していけますよ！」

「いやだから、十何年も苦しんできたのに、数日で解決するなんてことはないだろ」

新妻は首を左右に振る。

そうだとも、長い間辛かった。英語の授業は苦痛だったし、英単語も出来るだけ見たくなかったから薄日で黒板を見ていたら、「なにをやってるんだ」と教師に呼び出されて説教された。もちろんテストも常に散々だ。赤点こそなかったがギリギリの低空飛行だった。これで英語の成績がいいはずがない。街角で外国人と接する度に具合が悪くなった。ちゃんと就職出来るのかと思っていたが、ラッキーなことに「雲上クリエイティブ」に採用された。

友人たちは「英語がバンバン飛び交う仕事じゃないのか?」「大丈夫か?」と心配してくれたが、上司である田上のありがたい気遣いもあって仕事が出来ている。

ようやくだ。

今まで長い間辛かったのだから、改善されるときも、こう……劇的な現象が起こって然《しか》るべきだ。たった数日で解決しては苦しんだ期間が報われない。

「こんな簡単に治っていいわけあるか」

「……俺は、どういう事情で新妻さんが外国人を苦手になったのかは知りません。でも、体質が改善されたなら喜びましょうよ」

「こんな、呆気《あっけ》なく……」

「そんな劇的なことは、演出しない限り起きません」

言っているのが広告代理店の令息なので、妙な説得力がある。

「しかし、期待はするだろ」

「もしかしたら、俺と接することだけが平気という場合もあります。それはそれで、俺はとても嬉しく思います。新妻さんにとって俺は特別な存在ということですから」

なんだこいつ、さっきから流ちょうな日本語を話しやがって。どれだけ日本語が好きなんだよ。いや……こいつが好きなのは俺か。俺のために頑張ったとか言ってたからな……。

新妻は、ジャックの榛色の目をじっと見つめ、そして長い溜め息をついた。

「俺は子供の頃、誘拐されたことがある」

「すみません。劇的です。俺が動揺してます」

ジャックの耳がぺたんこになり、モフ尻尾は足の間に入る。

「いくつのときかよく覚えてないんだが、多分……十歳かそこいらだったと思う。近所の大きな家に外国人の夫婦が住んでいて、家族ぐるみで仲が良かったんだよ」

「はい」

「ある日、ドライブに行こうって誘われて、夫婦の乗った車に乗せてもらったんだ。そしたら、何時になっても家に戻らないし、挙げ句の果てに海に行くし、夫婦は英語で大声で喧嘩《けんか》を始めるしで、俺はなー………あれは、怖かった」

聞いているジャックが泣きそうな顔をして、新妻の右手を両手でしっかりと握り締める。

「最終的に、高速のサービスエリアのトイレに入ったときに、俺が店の人に助けを求めて保護された。あの夫婦は、奥さんが俺を自分の子供にしたかったみたいだ。当時の記憶が曖昧なのはショックが大きかったから、らしい。医者がそう言ってた」

「新妻さんが生きてて良かった！　そして、俺に話してくれてありがとうございます！　俺は新妻さんを一生大事にします。俺の可愛い予約妻です！　俺は今、とても、あなたが愛《いと》しいです！」

どうしてこいつは、恥ずかしげもなく、こんな風に真顔で愛を語れるのだろう。聞いているこっちは恥ずかしくて死にそうなのに。

「今までずっと苦しかったですね。でもこれからは俺がいます。安心してください。きっともう、新妻さんは吐きません。具合が悪くなったりもしません」

「……………そうだと、いいんだけど」

「だから、ね。俺と試して。いろんなこと全部試しましょう」

ずいと、ジャックの顔が寄ったと思ったら、触れるだけのキスをされた。

「吐きそう？」

「いや、平気だ」

「もっといっぱい、試したい」

電車の中で囁いていた声と同じだ。甘くて、欲望に濡れた声。

「俺はストレートで、そういうことは知らないから……お前に任せる」

「わかった」

再び唇が重なる。今度はもっと生々しいキスだ。

キスをしたままゆっくりとベッドに押し倒されていく。見慣れた天井のはずなのにまったく違うものに見えた。

「新妻さん……」

ジャックが嬉しそうに目を細め、新妻を見下ろす。

「具合が悪くなったら、すぐに言ってください」

「あ、ああ……でも、まだ平気だから……」

任せるとは言ったが、まるっきりなにもしないのはいかがなものかと、新妻はジャックのネクタイを緩めて、ワイシャツのボタンを外していく。

すると「初めて、ですよね？」と疑惑の眼差しで見つめられてしまった。

「マグロになってるのもアレだと思っただけだよ……！　俺をどうこうしようなんて、お前ぐらいなもんだ！」

「マグロ……？　新妻さんがツナに？　え……？」

教育番組を観て日本語を覚えたのならさもありなん。新妻が口にしたのは日本の下ネタなので、ジャックには理解出来ない。

「ツナ……」

「悩むな。単なる、日本の、エロ用語だ」

「日本人は魚が好きだから？」

いや、そんなの考えたこともなかった。

新妻は意外な問いかけに思わず噴き出した。

「お前、ムード……台無し」

新妻は自分の黒い猫尻尾で、ジャックの腰をパシパシと叩く。

「すみません。今から頑張ります」

ジャックの大きな耳がきゅっと立ち上がって前を向いた。そんなところでやる気を漲《みなぎ》らせてもなと思ったが、自分の猫耳も同じようなものだ。

「頑張れ。……俺も、頑張る」

ストレートなんだけどな俺。ここまで押されたら、一度ぐらいはと思っても仕方ないか。だってこいつ、可愛いところあるし、綺麗だし。なにより、信じられないほど好かれているっていうのがわかるから。

キスをしながらジャックのジャケットを脱がして床に放る。

ベルトを外す金属音が部屋に響き、二人でもたもたしながら脱いでいくうちに楽しくなってきた。

「新妻さん、なに、笑って……」

「お前だって、笑ってる」

「うん。俺、初めてセックスするティーンエイジャーみたいに余裕がなくて……」

確かに、彼の陰茎は熱く滾《たぎ》って、新妻の太腿に押しつけられている。

「俺もだジャック。俺も……どうしようもなく興奮してる」

「萎《な》えてなくてよかった」

ジャックの指先が新妻の体を丁寧になぞっていく。その仕草だけでセックスに慣れているというのがわかった。新妻の劣情を煽《あお》るのが上手い。

「ふ、ぁ……っ」

脇腹をなぞられて腰が浮き、尻尾がジャックの手首に絡みついた。

「可愛い尻尾」

ジャックの手首に絡みついた尻尾は、そのまま彼の手の中で陰茎を刺激するように緩く扱《しご》かれる。それだけで、目の前が真っ白になるほど気持ちがいい。

尻尾は弱点だ。強く握られ引っ張られれば激痛が走るし、こんな風に優しく愛撫《あいぶ》されると性器に次ぐ性感帯となる。

「新妻さん、俯《うつぶ》せになって。尻尾をいっぱい可愛がってあげるから」

恥ずかしくて返事はしないが、新妻は素直に俯せになり、腰を上げた。

「綺麗な尻尾」

背筋を滑り落ちていく指先に切ない声を漏らしたと思ったら、尻尾の付け根を爪でくすぐられて腰が揺れた。猫のモフは、これをされると胸の奥が甘酸っぱく切なくなって、性別に関係なく足を広げて腰を揺らしてしまう。

「は、ぁ、あ、あ、あ……っ、んんんっ」

熱く滾った陰茎から先走りがしたたり落ちて、ベッドシーツにまで糸を引いた。とろとろと漏らしたように先走りが溢れ出る。

「新妻さん可愛い。こんなにいっぱい愛液を漏らしてる。こっちにも塗ってあげるね」

ジャックが耳元で、精液を「愛液」と呼んで耳たぶを甘噛みした。とろとろに濡れた鈴口を指の腹で何度も拭って先走りを塗りつけ、それを後孔に塗っていく。

男同士はここを使って繋がることを、新妻は改めて教えられた。

「新妻さん、久しぶりのセックスだから触られただけで恥ずかしいほど感じているね。見ている俺も感じてしまう。俺の指、気持ちいいね？」

尻尾の付け根の部分を強く扱かれながら、指の腹で後孔をくすぐられる。勝手に腰が持ち上がって、新妻はベッドに顔を押しつけて低く喘《あえ》いだ。

弱点を突かれて弄られると、こんな凄い感じ方をしてしまうのか。ジャックの指が気持ちいい。体中が熱くて、ジャックの指が欲しくて腰が揺れる。たまらない。こんなに触れられているのに、気分が悪くなるどころか欲望で溶けてしまいそうなほど気持ちがいい。

「ジャック……っ」

「可愛い、新妻さん」

かぷ、と、ジャックが新妻の尻尾の付け根を噛んだ。

「ひっ、ぁ、あ、あああっ、あーっ！」

脳裏に閃光《せんこう》が走り、新妻はたちまち射精する。だが快感は、射精したあともじわじわと続いて苦しい。

「噛んでもらったことない？　ここを噛まれると凄く気持ちいいんだ」

「は、初めて、だ……こんなの……」

「じゃあ、いっぱい囓ってあげるから、新妻さんも素直に腰を振って」

まさか。そんなことを何度もされたらよすぎて死ぬ。

新妻はジャックから逃げようと腰をひねったが、カプリと尻尾を噛まれた途端に快感で動けなくなった。

「俺も、早く、ここに入れたい」

後孔に自分の尻尾を感じて、新妻が「ひゃ」と声を上げた。

自慰のときに尻尾の先端で後孔を刺激したことはあるが、激しい快感と同時にどうしようもない罪悪感が沸き上がったので、すぐにやめた。

長い尻尾を持つモフは、そういう行為にも使うらしいと話は聞くが、新妻は自ら使おうとは思わなかった。

なのに今、自分の尻尾で後孔を擦られて快感の沼の中に沈み込んでいく。ジャックに摑まれて、玩具のような使い方をされているのが、余計に興奮する。自分の尻尾の先端が、ジャックの指と一緒に後孔に挿入されていく。

「俺の尻尾だと入らないけど、新妻さんの尻尾は丁度いいね。こんな風に動かしてみると、どう?」

「あ、あ、あっ、いい、それ、いいっ、感じる、ジャック、俺、気持ちいい……っ」

「自分の尻尾に感じちゃう新妻さん、可愛い。もう少し柔らかくしたら、俺のペニスを入れさせてね?」

尻尾の付け根を嚙みながら言うのが憎らしい。痛いのに気持ちよくて怒れない。もっと嚙んでくれとねだってしまいそうになる。弱点を攻められて、新妻は何度も勃起してしまう。

そういえば照明はつけっぱなしで、自分の浅ましい姿が丸見えだ。裸で、腰を突き上げて、だらしなく快感の精を漏らしている。

しかし、この姿にも興奮する自分がいた。こんないけないことを思ってしまうのは、きっと尻尾の付け根を嚙まれたからだ。

ジャックは楽しそうに、新妻の尻尾を食《は》み、玩具のように扱《あつか》っている。

「新妻さんの尻、嚙み応えありそう……」

「あ、バカ、変な痕《あと》を残すなよ？　ダメだから、そんな……っ、あっ」

大して柔らかくもないのに、ジャックはカプカプと尻を噛んでいく。時折痺《しび》れるような痛みが走るので、歯形が付くほど強く噛まれたのだとわかった。

「噛むのはもう、オオカミのモフの習性だと思ってください。好きだから噛んでしまう」

「んっ、ん、ん……、ぁああっ」

今度は噛まずに、音を立てて舐め始めた。

ジャックの舌は柔らかく温かくて、それで会陰《えいん》から後孔にかけて舐められると激しい羞恥と同時に電流のような快感が尾てい骨から背筋へと駆け上がる。

「そんな場所、やめろ、シャワーも浴びていないのに……っ」

「新妻さんの匂いが濃くて、俺は好きです。俺に舐められて恥ずかしいの？　可愛い。凄く可愛い。恥ずかしいけど、でも気持ちいいよね？　いっぱい気持ちよくしてあげる」

挿入されていた尻尾を抜かれて、代わりにそこを丁寧に舐められる。今度は指が挿入されて、くちゅくちゅと恥ずかしい音を立てた。

「新妻さんは初めてだから、とろとろに柔らかくなるまで可愛がってあげる。それから挿入した方が痛くないから」

これ以上とろとろにされたら、頭がおかしくなる。もう勘弁して欲しい。

新妻は「いいから、早く」とそれだけ言って、後孔の中で動いているジャックの指をきゆっと強く締めた。

「……新妻、さん」

「体がもたない、から。早く……っ」

「新妻さんが……おねだり……っ！　俺、立派な夫になりますからね？　愛してます。新妻さん、俺の可愛い人……っ」

てっきりこのままの体勢で続きをするのかと思ったら、仰向けにひっくり返された。

「え……？」

「顔が見たくて」

てへと可愛らしく笑うジャックに、新妻は「バカだなあ」と言った。不思議と胸の中が温かくなって、「ストレートだけど、こいつとなら、まあ、いいか」という寛大な気持ちになっていく。

「痛いのは、ナシ、だぞ……？」

「はい」

腰を持ち上げられて、そこにジャックの陰茎が押し当てられる。鉄のように熱くて、いやらしく滑っていた。それがゆっくりと中に入ってくる。

痛みよりも圧迫感が勝った。慎重に深呼吸を繰り返し、体の中を暴《あば》かれていく。重なり合った胸から二人分の鼓動が聞こえた。緊張と興奮で早鐘を打つようだ。

「新妻さん……熱くて気持ちいい。動いていいですか……？」

「もう好きにしろよ。俺はお前に、明け渡したんだから」

まずは体を。あと、多分、そのうち心も。

なにせ、こんな無体を働かれていても気持ちは高揚したまま。気分が悪くなって目眩がする、吐きそうという状態にならない。

逆に、気持ちがよくておかしくなりそうだ。体の中からなにかが変わっていく感じがする。だがそれは新妻にとって嫌なものではなかった。

ジャックが腰を打ちつける度に、腹の中に官能の灯がつく。

「初めて、なのに……っ」

自分の体がこんなにいやらしいとは思わなかった。突き上げられて感じて、背筋を反らして声を上げる。

ジャックの立派なモフ尻尾に右手を伸ばして摑んでやると、彼が上擦った呻き声を上げた。

「気持ち、いいか？　尻尾」

「初めてのくせに、そんな悪いことを覚えて」

ジャックが汗をしたたらせて笑う。

新妻は彼のあごに舌を這《は》わせ、流れる汗を拭った。

「ああもう！　新妻さん……っ」

ジャックが泣きそうに顔を歪めて、闇雲に動き出す。

バカ、いきなり、そんな激しく動くな。こっちは初めてなんだから！

新妻は悪態を声にすることが出来ずに、ジャックにしがみついて快感の奔流《ほんりゅう》に耐えた。

汗と精液で汚れたシーツの上で新妻は目を覚ました。

ジャックは新妻の胸に額を擦りつけて、甘えるようにして眠っている。

「やばい」

出した声が酷く掠《かす》れていて、眉間に皺が寄った。

初めてなのに気持ちよかった。尻尾をあんな風に愛撫する相手とは付き合ったことがなかったので、その点でも新鮮だった。

突き上げながら「愛してる」を繰り返すジャックは可愛かったし、それに、多分、彼はセックスが上手いのだ。だから新妻は不愉快な思いなどせず最後まで気持ちよかった。

それに一度も具合が悪くならなかった。

ただ、一つ試さなくてはならないことがある。

不特定多数の外国人の中にいても大丈夫なのか、相手がジャックだから大丈夫なのか、だ。

それを試すには度胸とバケツが必要だが、いずれは向き合わなければならないのだと思えば頑張れる。

「……お前のお陰、だな」

大きな耳が片方、ひょこんと新妻の方を向いた。

「俺も、押されて押されて押しまくられるんだろうか……まだよくわからないけど」

新妻はジャックの頭を撫でながら「体の相性はよかったと思う」と顔を赤くした。

「それは……俺も思いました。俺たち、いい夫婦になれますね」

ジャックが瞳をキラキラさせて体を起こした。起こしたのはいいが、髪はめちゃくちゃに跳ねているし、尻尾もボサボサ。体は汗と精液でどろどろだ。

「いい夫婦かどうかは知らないが、まずは……風呂に入ろう。今は四時だから……ゆっくり風呂に入って着替えて、カフェのモーニングを食べて……」

これからの予定を言ったら、ジャックの機嫌がどんどん悪くなった。

「なんだよ」

「俺は……シャワーを浴びたら二度寝したい」

「お前、新人なんだから定時に出社しろよ。それに、飲み会の翌日にフレックスを使うのは顰蹙《ひんしゅく》を買う」

新妻に叱られたジャックは何度か瞬きをして、「あ！」と大声を出す。

「俺は仕事の出来る男ですから！　定時に出社します！」

「おう。俺も今日は定時だ。商店街でモーニング食べる？　それとも……」

「新妻さん。俺は一度自宅に戻ります。着替えがない」

「俺の服でよければ貸すぞ？　サイズは大して変わらないだろうし」

するとジャックは、ベッドから落ちて床に転がった。

「彼シャツならぬ、彼服……」

「は？」

「幸せだなあって……」

ジャックは顔を赤くして、仰向けのまま両手で自分の胸を押さえる。

「お前なー……。それで仕事が出来ない奴だったら、俺はある意味ヤラレ損だな」

「仕事頑張りますよ！」

ジャックが腹筋を駆使して体を起こし、新妻を見上げた。

「本当に、お前がなあ……。窓の外は雪が降っているとか、劇的なことが起きていれば、あの苦悩の日々が……」

「まだ言ってるよー。新妻さんって意外とロマンティストだね。可愛い。これからは俺が、いろんなサプライズをしてあげるから待っててください」

そして立ち上がったジャックの視線は、新妻の猫耳の後ろに釘付けになった。

田上が「髪が跳ねてるわよ」と言ってピンで押さえてくれた場所だ。

「新妻さん」

「ん？」

「キャリコキャット」

英語の成績は悪かったし苦手なままなので、ジャックの言う単語の意味がわからない。

「え？　なに？」

「新妻さん……！　キャリコ！　キャリコ！」

「だからキャリコってなに！」

「三毛猫のこと。新妻さんって実は三毛猫だったの？」

ジャックが右手を伸ばして新妻の耳の後ろに引っかかっていたピンを外し、前髪の白い毛の一部と、黒髪の中に隠れていたオレンジ色の髪をそっと摘む。

「これは………」

「凄いね！　新妻さん！　ラッキーキャットのモフだよ！　アメージング！　これからも新妻さんに、いいことがいっぱいありますように〜」

ジャックが笑顔で新妻の頭を優しく撫でて祝福するが、新妻はそんなジャックを見て呆気に取られた。

「お前……オスの三毛だぞ？」

オスの三毛というのは、それがモフでも「普通の三毛猫」であっても、天文学的な確率でしか存在しない。遺伝子の都合で超レアな存在だ。

オスの三毛猫は、存在したら信じられない高値で取引される。

けれどそれがモフだとしたら。

「新妻さんが誘拐された理由って……オスの三毛だったから？」

疑問を口にしたジャックの股間に、床に落ちていた下着を押しつける。いつまでも生まれたままの姿でいられると、落ち着かない。

ジャックは「恥ずかしがり屋さんだ」と笑うが、新妻は眉間に皺を寄せて「ブラブラさせるな」と文句を言った。

「で？　事実はどうなんでしょう？」

「どうだろう。俺がモフの三毛とは知らなかったって言っていたらしいけど。あの頃のことはよく覚えてないからなあ」

「誘拐はその一回だけ？」

「ああ。当時、まだ生きていた祖父さんが迷信深い人で、俺の正体について家族に箝口令《かんこうれい》を敷いた。家族以外誰も知らない。就職するまで髪を染めてたしな」

就職してから「今はもう自分の身は自分で守れるし」と染めるのをやめたのだ。

「これからは俺もいるからね、新妻さん」

ジャックが尻尾を緩やかに振ってアピールする。

「お前は、俺の正体を知ってなんとも思わないのか？」

「ラッキーだねって思った。そして、こんなラッキーキャットモフの夫になれる俺はなんて幸せ者なんだろうと、今も思ってる。あと、新妻さんが一生幸せでいられるように、夫として頑張ろうと思いました」

「そっか」

家族以外で新妻の正体を知っているのは、上司の田上とジャックだけだ。

それ以外の人間は新妻の正体を知らない。それだけ隠し通してきた。

『高史、どこかに売られてしまわないように、絶対に誰にもお前の正体を言ってはだめだ』

実際子供の頃、珍しいモフの子供が誘拐されたり行方不明になる時間が度々起きた。悲惨な事件はマスコミを賑《にぎ》わせた。だからこその祖父の言いつけだ。新妻はそれをずっと守り続けている。

「俺が三毛のモフだって、誰にも言うなよ」

大丈夫だろうとは思っても、一応は釘を刺しておく。

するとジャックは眉間に皺を寄せて「なにを言ってるんですか！」と大声を出した。

「俺はあなたの夫になる男ですよ？　わかりますか新妻さん！　未来の夫、つまりあなたにとって予約夫の俺が！　こんな大事なことを他人にベラベラ話しますか！　愛する人を裏切るなんて、俺は自分の尻尾をもがれても絶対にしませんっ！」

　両手で股間を隠したまま大声で怒鳴るジャックの姿は滑稽《こっけい》だが、それと同時にとても神々《こうごう》しいものにも見えた。

　人は予測不能の場面で本来の自分が出やすい。

　新妻の正体を知ったときも、彼の幸運を喜び幸せを祈るような男が、他人にベラベラと話すとは考えづらかった。

「わかりましたか？」

　早朝の時間帯に近所迷惑な大声なのに、新妻は嬉しくて尻尾をぴんと持ち上げる。

「わかってるよ。お前が誰にも言わないことぐらい。でもほら、話の流れで一応は言っておかないと」

「二度とこんな酷いことは言わないでください。出会って数日ですが、俺のあなたに対する誠実さはこれからも絶対に変わりません」

「そうか。……ではこれからもよろしく頼む」

「え？　逆プロポーズ？　プロポーズは俺にさせてください。ああでも、ロケーションは大事なのでもう少し待ってくださいね、愛しい新妻さん」

　いや違うし。

新妻は首を左右に振って「人の話を聞けよ」と、眉を下げて笑った。

さすがに昨日とまったく同じ恰好をさせるのはまずいなと、新妻は自分のワードローブからジャックが着られそうなものをピックアップした。

アンダーウェアと靴下は買い置きを渡し、皺だらけになっていたスラックスにはアイロンをかける。

「なにを着せても似合うから、こういうときに便利だな」

「ニットはある程度伸びますし」

ジャックはセーターに頭を通してからニッコリと笑った。彼の髪から自分の使うシャンプーと同じ匂いがするのが照れ臭い。

「ジャケットは着るなよ？　ごまかせなくなるからな？」

「なぜごまかす必要が？」

「昨日と同じ恰好で職場に行くとする。職場には女性も多い。みな魔女級の勘の鋭《するど》さを持ってる。彼女たちはお前に『どこかに泊まったの？』と問いながら推理を巡らせる」

「俺は新妻さんと一緒にいたと言います」

「俺が困る」

新妻は腰に手を当て、ぴんと猫耳を両方ジャックの方に向けた。

「俺はジャックの恋人でもパートナーでもないからだ」

「今はまだ、です！　俺たちはセックスの相性はいいんだから、きっと大丈夫！」

むっとする新妻に対し、ジャックは笑顔で「押し足りてませんね」と言う。

「押し流されたら最後だから、そりゃ踏ん張るに決まってるだろ」

「……自覚があるのは、俺を意識している証拠です。俺のパートナーになれば、このモフ耳もモフモフ尻尾も触り放題です。新妻さんは俺の尻尾に顔を埋めて喜んでましたよね？」

「酔ってたからな！」

「だったら今は？　ふわっふわの俺の尻尾」

新妻は、ジャックがドライヤーで丁寧に乾かしていた太い尻尾が気になって仕方なかった。自分も乾かすのを手伝いたいと思っていたが、恋人やパートナー、家族でもないのによそのモフの尻尾には触れられない。

大変触り心地のいいふわふわにしてモッフモフの尻尾だとわかっていても、触れてはいけないし、触れたらジャックの「俺の予約妻」を認めたことになりそうで嫌だ。

彼の思いに押し流されたくない。

「今は冬毛だから、凄く柔らかいし触ると気持ちいいですよ？」

「いい。自分の尻尾に触る」

笑顔で誘惑してくるジャックから逃げるように、新妻は自分の尻尾を両手でそっと握った。

触り心地は、これはこれで気持ちがいい。それに平均的な短毛家猫モフよりも太くて長い尻尾は握りやすかった。

父が家猫の中でも大型のメインクーンのモフだからだろう。そういえば母は、よく父のモッサモサの尻尾に顔を埋めていた。

「俺の尻尾はいい尻尾なのに……。俺は、新妻さんにしか触って欲しくないです」

「いや、それはわかるが……」

新妻の前には項垂れるジャックの頭がある。アッシュグレイの柔らかな癖っ毛とモフい耳が見えた。

「尻尾はダメだからな。だからこっち」

自分の尻尾を離して、両手でジャックの頭をそっと包む。手のひらに髪の毛が触れて、それのなんと心地いいことか。

「ここにも天国があった……っ！」

ドライヤーで乾かされただけなのに、ふわふわツヤツヤ。指先から召されてしまいそう。

新妻は目を閉じ、手のひら全体でジャックの髪の心地よさを堪能する。どさくさ紛れに大きな耳にも触れた。

「新妻さん」

「なんだ。俺は今、天国だ」

「俺も、新妻さんに髪を触ってもらえて嬉しいし気持ちがいいです」

「ジャック」

「はい？」

「スマホでタイマー、セットして。五分」

「はあい」

あと五分だけ天国にいさせて欲しい。

そのあとは、早めに家を出て会社近くのカフェでモーニングを食べる。

新妻はこれからの予定を頭の中で確認し、スマホを操るジャックの髪をきっちり五分触りまくった。


二人ともカジュアルな装いで出社した。

新妻は赤毛が見えるところをジェルで固めてピンで完璧に隠し、マフラーを首に巻き、シャツに厚手のカーディガン、ブラックデニムという恰好で、シャツにセーターとスラックスを合わせたジャックよりカジュアルな恰好をしている。一人のワードローブで二人分の服をどうにかするのは大変だったが、ジャックは素材がいいので問題はなかった。

なのに上司にバレた。多くの女性社員にはバレなかったのに、だ。

ジャックに仕事の指示を出していたところ、田上が周りの目を盗みつつ自分を手招きしているので「トイレ」と言って廊下に出たところ「ジャックの着てるセーター、新妻君が去年買ったセーターよね」と耳元に囁かれた。

二人はフロアの一番端にあるガラス張りの「スモーキングルーム」に向かってゆっくり歩きながら、小声で話をする。

新妻は「違います」と言って視線を逸らしたが、逸らしてから「失敗した」と心の中で舌打ちする。

「うーそーつーきー。去年、みんなで羽紡《はねぼう》のファミリーセールに行ったじゃないの。ローワンさんと色違いで買ってたの覚えてたんだから」

元値の六割引だった。服装は「お手頃価格で身綺麗に」が一番だと思っている新妻は、定価だったら手を出さなかったものだ。

たまたま自分のサイズが残っていたので、「ここのブランドはお勧めだ」というローワンと一緒に買ったのだ。新妻はワイン色、ローワンはグレイを選んだ。

「六割引でもハイブランドのカシミアセーターよ？　それをジャックが着てるってどういうことかなと。まあ、彼に似合ってたけど」

「酔ったまま一緒に帰っただけです。終電がなかったから一泊して、着替えがなかったから貸してやりました。それだけです」

うそは言っていない。省いた事実があるだけだ。

「一晩一緒にいたということは、猫毛のことは知られ…………ちゃったようね」

新妻の複雑な表情を見て、田上は肩を竦めて笑う。

「あいつは、ラッキーキャットモフですねって……俺がずっと幸せでありますようにって、そんなことばかり言いました。だから信じてみようと思います」

「ジャックって……凄くいい子じゃない？　ねえ。それとも資産家というのはそういうものなのかしら？」

あらー……と長いまつげで瞬きする田上に、新妻は「両方だと思います」と微笑む。

「まあこっちも、大手との合同企画を進行している以上、面倒臭い騒ぎは起こしたくないから現状維持で。あとね、ちょっと注意しなければならないニュースが上がってたから、リンクをメールで送っておいた。ちゃんと見るのよ」

田上は「これで話はおしまい」と言ってフロアに戻った。

……目ざといな田上さん。いや。観察眼が鋭いと言っておこう。

それよりも新妻は、彼女が言っていたニュースが気になった。注意とはなんだろう。デザイン系だったらパクリ問題とか？　なにかの盗用とか？　それとも提携している会社で何かが起きたのか？

とにかく見ないことには想像だけが膨らんでいく。

戻ってメールを確認しようと歩き出したところに、斧形が「大変だよー」と言いながら新妻に向かって走ってきた。

あの速度だと接触したら新妻が飛ぶ。

「斧形！　ストップ！　俺が怪我をするぞ！　熊っ！」

両手を前に出して「鎮まりたまえ！」と言ったら、斧形が「ぶっ」と噴き出して走るのを止めた。

「はー………気が動転して申し訳なかった。申し訳ないから俺の熊耳を触る？　丸くて柔らかくてふにょふにょしてるよ？　気持ちいいよ？」

「いや、そんなことしないよ。つか斧形、なにが起きたんだ？　お前、慌てすぎで怖い」

「パンダのモフの子供が誘拐されたんだ……。それと、銀狐のモフの子も一昨日から行方不明で誘拐された可能性がって……、動画ニュースで見ちゃった」

斧形は「モフでなくても、子供を誘拐するなんて」と怒っている。

ああこれだ。きっとこれだ。田上が言っていた注意しなければならないニュースって。

新妻の胸の奥から、ざわざわとした嫌な気持ちが湧き上がってきた。

「うちの会社もモフが多いから、お子さんがいるモフ社員は気をつけてって、さっき総務の子が言いに来たんだよ」

「誘拐されたら、売られてしまうからな。ジャックにも気をつけろと言っておかないと」

「新妻君、新妻君。ジャックは成人男子だよ？　まあ、あれくらい綺麗なら侍《はべ》らせたいマダムもいそうだけど」

「あ…………そうだった。あいつは成人してた」

でも、うちの会社で預かってるようなものだから、なにかのために気をつけておいてもいいだろう。

まだ胸の奥がざわざわする。

新妻は「話はわかったから、デスクに戻ろうか。仕事だ」と言って、斧形の背中を軽く叩いた。

デスクに戻ると、ジャックが大変わかりやすい顔で拗ねていた。

「子供か」

「違いますー。新妻さんがなかなか帰ってこなかったから心配していたんですー」

「はいはい。俺は元気だ。ところで、マーケティングのまとめは？　わからないところはないか？」

ジャックのノートパソコンの画面は表になっていて、入力された項目が途中まで集計されている。

「ありません。簡単すぎて逆に辛いです。俺もプランニングに加わりたいのですが、不満を訴えます」

新妻は自分のデスクに落ち着きながら「言いたいことはわかるが、そういうのは来月からだな」と言った。

するとジャックは唇を尖《とが》らせ、大きな耳をくいっと後ろに向ける。

「でも、会議で意見するのは構わないよ」

「必要があるときはします」

「うん。……パルトネールの和久井《わくい》さんも喜ぶだろう」

新妻の口から新たな人の名前が出て、ジャックは「誰ですか？」と首を傾げた。

「ブライダル雑誌のエディター。海外のファッション雑誌ともコラボをしてるやり手だ」

向かいの席からは、斧形が「そういう人と組んで頑張れよジャック」と言葉を挟む。

「はい。そして仕事で成果を出したいです。そうでなければ、父に『日本になにしに行ったんだ？　寿司を食べに行ったのか？　それとも天ぷらか？　カレーも旨いと聞くぞ？』と叱責《しっせき》されます。父を新妻さんに会わせれば問題ないと思いますが……」

「ジャックは本当に新妻が好きだなあ。上手くいくといいな」

「はい。押して押して押しまくります」

当事者の目の前でなにを言っているのかこの二人は。

新妻は斧形に「仕事しろよ」と突っ込みを入れ、ジャックには「表を完成させて集計しろ」と言った。

後ろのデスクからは「お前ら仲良いなー」「ほんとに」と笑い混じりの野次《やじ》が飛ぶ。

そんなの放っておけばいいのに、ジャックが「新妻さんは俺の予約嫁ですからお忘れなきよう。限定一体で予約完売です」と背後にバラを背負った笑みを浮かべて言い切ったので、女性社員たちが「言ったたっ！」と黄色い声を上げた。

彼女たちは、端整な容姿の男の自信に満ちた台詞を聞くのが楽しいのだ。ドラマの世界を垣間見たような気分になるのだと聞いたことがある。

「うるさい。大人しく仕事をしろ」

呆《あき》れ声で言うと、ジャックは「えへへ」と笑顔を浮かべてノートパソコンと向き合った。

新妻はというと自分のノートパソコンのメールを開き、田上が送信したメールの中身を確認する。

アドレスをクリックすると、そこには斧形が言っていた誘拐の記事が載っていた。

ただし英語だ。

新妻の眉間に皺が寄った。

英単語の羅列を見ても、今はもう気分が悪くなったり気が遠くなるような精神的苦痛は感じないが、読めないことでストレスがかかる。

ああ面倒臭い……と、記事の載ったページごと翻訳アプリの力にすがった。

翻訳されたことで不思議な日本語になってしまったが贅沢は言うまい。読めればいい、読めれば。

それにジャックの翻訳喋りだと思えば、文面から意味を探り出すのも楽しくなってきた。

誘拐されたモフの子供たちの種類は、みな珍しいタイプのモフばかりだった。

中には助け出された子供の姿もあった。金糸猴《きんしこう》モフの子供だ。黄金の髪と長い尻尾が優雅な、とても美しい子供だった。保護されて本当によかった。

ページを移動すると、今度は日本を含む東南アジアの、珍しいモフの子供の誘拐や誘拐未遂記事が載っている。ニュースの日付は今日。

いたいけな子供ばかりで胸が痛む。最後のページは誘拐された成人モフについての記事だ。

そこには新妻と同じように三毛猫モフの青年もいた。

子供のモフは養子縁組されるケースが多いが、成人モフがどうなってしまうのかはよく知らない。噂《うわさ》ではコレクションや性的搾取の対象になっていると聞く。

胸くそが悪い。

「新妻さん……やっぱりそれを読んでるんですね」

隣の席からジャックが画面を覗き込んできた。

「うちも、父から俺を心配するメールが来ていました。いつまでも子供扱いで困る。今の俺は、目の前で新妻さんを人質に取られない限りなんの心配もないですよ」

「俺が人質になるってどんな事件だよ。ハリウッド映画か」

新妻は「爆弾が爆発する前に脱出する感じ？」と付け足して笑う。

「そこまで派手じゃないですが、とにかく新妻さんは俺が守りますから安心してください。こういうのを、お船に乗った気持ちでと言うんですよね！」

向かいの斧形が噴いた。

「え？　なんで？　斧形さん」

首を傾げるジャックに、新妻が「そこは！　お船ではなく、大船に乗った気持ち、だっ！」と突っ込みを入れてから噴き出した。

慣用句やことわざは、発言する前に検索しろと注意して、昼はみんなで注文したピザを食べ、午後からはブライダル関係の資料集めをし、SNSマーケティングをしていた斧形から資料を受け取り、みんなで集計する。

デザイナーやプランナー、その他さまざまな肩書きが付いていると言っても、地道な資料集めや事務作業が仕事の半分近くを占める。

ジャックもそれがわかっていて、渡された資料を集計してグラフを作り、また別の資料から女性たちのコメントをピックアップしていく。

別デスクのユニットの会話が聞こえてきたりもするが、みなほどよく集中していて気が散ることはなかった。

そこにローワンがお茶と月餅《げっぺい》を持って「おやつだよー」と現れたので一息入れる。

フロアに残っていたみんなで月餅に手を伸ばした。

「俺、あんこ好きです！　羊羹《ようかん》も好き！　このパイ、美味しいです！」

外国人にあんこは大丈夫なのかと心配したが杞憂《きゆう》だった。

ジャックは笑顔で二個目の月餅を食べ、ローワンが淹れてくれた烏龍茶を飲む。

「お茶、美味しい！」

ローワンは「気に入ってくれて嬉しい」とニコニコしていたが、ジャックの着ているセーターをじっと見つめて、それから意味深な笑みを浮かべて新妻を見つめた。

他の社員がいる手前、なにも言えずに微笑み返すしかない。

「そういえばね、俺も誘拐に気をつけてって言われたよ。その手の犯人は捕まえたことはあっても捕まったことはないなあ」

ローワンはそう言って笑顔で烏龍茶を飲む。

斧形と新妻は「確かに」と頷いた。

「まあ、なんというか……俺やローワンさんに手を出したら、犯人の方が重傷を負いますからね」

熊系モフは強い。

新妻は、川でシャケを仕留めている熊を想像した。

「大学同級生でグリズリーモフの女の子がいたんですが、めちゃくちゃ可愛かったんです。ただ、絶対に彼女を怒らせてはいけないと暗黙の了解がありました」

ジャックが「卒業と同時にカワウソのモフ男子と結婚しちゃいましたよ」と付け足す。

「結婚かー……。総務の女子たちがマッチング飲み会を企画するって言ってたな」

ローワンの言葉に、斧形が勢いよく手を挙げた。

「いつでも誘ってください！　行きます！」

「行ってらっしゃい斧形さん。俺にはもう、新妻さんという人がいますから。ね？」

当たり前のようにこっちを見て微笑むジャックに、新妻は「俺も行こうかな」と言った。

その途端に、ジャックが世界のすべてに絶望した表情を見せる。

「酷い……。俺の心を弄《もてあそ》ぶなんて……」

「人聞きの悪いことを言うな」

「俺は、妻の浮気は絶対に許しませんし、自分も浮気は絶対にしません」

周りがお茶を飲みながら「おおおー」「そういうもんだよ」と声を上げた。

「そもそも、新しいブライダルの企画を立ち上げているのにそういう……ふ、ふしだら？ふてい？　とも取れる発言はどうかと！」

ジャックの翻訳アプリがバージョンアップした。

そんな単語を習得していたとは。

「漢字では書けませんが、漫画を読んで覚えました。俺の単語チョイスは間違っていないはず」

「ああうん、そうだね。間違ってない」

ローワンが頷いてから「でも二つとも、そうそう人に向けて言うものではないから発言に気をつけて」と釘を刺す。

「はい。これから気をつけますよね？　新妻さん」

「なんで俺が？」

「ただ、みんなと飲みに行くなら俺はなにも言いません。アンダーハートはダメです」

みな「アンダーハート」に首を傾げたが、斧形が「下心……か？」と呟き、その場にいた社員たちが「それだ！」と手を叩いた。

「スッキリした」「これも一つのアハ体験？」とみなが笑う中、新妻は猫耳を伏せて無言で月餅を食べ続けた。


昼間は気付かないが、夜になると商店街はさまざまな色のイルミネーションに包まれる。

クリスマスの準備が年々早くなっている気がするが、キラキラと綺麗だし、夜道は暗いより明るい方がありがたい。

「俺、日本人のなんでも取り入れるところは好きです」

ジャックがイルミネーションを見上げて言った。

「祭り感覚なんだよな、日本は。だが、クリスマスのせいで寂しい一夜を過ごす若い男女も多い。あと、男は金が掛かるんだよな、なにかと」

好景気であってもなくても、恋人へのプレゼントはそれなりに気を遣う。

自分にもそんな時期があったな……と思ってジャックを見たら、耳をピンと立たせて、目を輝かせていた。

「なんだよお前」

「半信半疑だったんですが……日本のクリスマスは恋人たちがセックスをする日なんですね！　うわー……凄いな日本、これも祭りですかね？　恋人たちの祭り」

発想は面白いが、ベッドの上で御輿《みこし》を担ぐ恋人たちはいない。

新妻は思わずにやけた顔を右手で隠しながら「子孫繁栄の祭りだな」と言った。猫尻尾がふよふよ楽しそうに動いてしまうが、これはもう仕方がない。

「子孫繁栄は難しいですが、恋人たちの祭りには参加したいです、新妻さん」

表情よりも、大きなモフ尻尾の揺れ具合でジャックの真剣さが伝わった。

「あー……参加すれば？」

「俺は新妻さんと一緒に参加したいです。俺たちは体の相性がいいってわかってますよね？　もしかしてわかってないんですか？　じゃあこれから、じっくりわかり合いましょう」

「待て、おい」

「新妻さんのマンションに行きましょう。新妻さんの家にジャケットを置きっぱなしだし、俺の下着も置きっぱなしです。俺の使用済みの下着を新妻さんになんて洗わせられません」


もっと凄いことを俺にしただろうに、なんでそこで照れるかな。意味わかんねえ。

頰を染めて首を左右に振るジャックはちょっと可愛いが、彼の思考には寄り添えない。

「……正直に言いますと」

新妻はジャックに右腕を摑まれて、シャッターの下りた路地裏に連れ込まれた。

「こら」

「俺、新妻さんともっとわかり合いたいです。体から伝わる思いも絶対にあります。ね？新妻さん。新妻さんと一緒に過ごしたい。同じ夜を過ごしたいです」

両手を合わせて小首を傾げ、上目遣いでこっちを見るな。可愛いなその仕草！

殊勝《しゅしょう》な態度で図々しいことを言う。

この綺麗なオオカミのモフは、新妻が大好きなオオカミ尻尾を腰に巻きつけるように撫でながら「俺の耳と尻尾も触り放題です」と押してくる。

「それは、大変魅力的な申し出、だが……」

「新妻さんは俺の耳と尻尾は嫌いですか？」

「大好きだ！」

間髪容《かんはつい》れずに返事をした自分が恨めしい。

「俺も、新妻さんの猫耳と太めの長い尻尾が大好きです。街中を歩いているどの猫モフより、新妻さんの尻尾が最高に好きです」

「褒められるのは嬉しいが、俺はストレートなんだよ、ジャック」

「でも俺たち、セックス出来ました。新妻さんの可愛い声や仕草、顔、俺はすべて覚えています。それに、強引に迫ったわけではありません」

それはそうですけどっ！

新妻は俯《うつむ》き「はあ」と溜め息をついた。

「お願いします、昨日と同じこと、新妻さんとまたしたい」

「俺はストレートなのに、なんでハッキリ断れないいんだろうな」

曖昧な関係のままではいさせてくれない、この綺麗なオオカミモフは、「新妻さんはもっと素直になって」と新妻に言って、笑顔で歩き出した。

押しが強いこの血筋に負けてしまうんだろうか。いやすでに、逃げずにこうして二人でいることからして負けているんだな。

「なるようにしかならないか」

わかり合うのに時間は必要だと思っていたんだが。

新妻は、目の前でふわふわと揺れるジャックの尻尾を見つめながら、困り顔で微笑んだ。

「おい」

「はい」

「お前……こんなところに住んでるのか？」

どこにでもあるオーソドックスなタイプの、二階建てマンションの二階角部屋。

中は綺麗にリフォームされていたが、どう見てもファミリー向けだった。

「小さい部屋も楽しいですが、荷物が入り切らなくて。リビングの他に二部屋あるんですが、一つはクローゼットにしています。さあ、上がってください！」

ジャックが「今度は俺の家に来て！」と駅前で駄々を捏《こ》ねたので、仕方なく付いてきた新妻は、部屋の内装にジャックの趣味のよさを見た。

家族写真が飾られた壁、コードが見えないよう工夫された丸い間接灯、布張りのソファとローテーブルはアンティーク仕様でバランスがいい。床にマットや絨毯が敷かれていないのもいい。窓にはチョコレート色の遮光カーテンが引かれ、ガラス戸の棚の中にはグラスや貝殻、小さな石が飾られていた。読みかけなのか書籍が床に直置きされ、畳んだだけの段ボールが壁に立てかけてある。それがまた味がある。

日本のファミリー向け物件に外国人が住むとこうなるのか。

新妻は室内を見渡して「なかなかいいな」と感想を言った。

「この物件は友人に見つけてもらったんですが、凄く気に入ってます。玄関で靴を脱ぐ生活をしてみたかったんです。快適ですね。足が楽」

「そうだな」

頷いた新妻の腹が、空腹を訴えるように切ない音を立てた。

「新妻さん………」

「悪かった」

「凄く可愛い。可愛くてすぐにベッドに引きずり込みたくなりましたが、まず、食事をしましょう。なにを頼みます？」

ジャックが、笑顔でデリバリーメニューを差し出した。

ピザに中華に和食、スシ、なんでもある。

「中華、かな。いくつかおかずを頼んで、二人で分けよう。そうすればいろんなおかずが食べられるだろ？」

「新妻さんとシェア……。最高です。ご飯はチャーハンでいいですか？　それとも普通の白いご飯？」

「白いご飯、だな。俺、餃子が食べたい」

するとジャックが「それはちょっと」と唇を尖らせる。

「え？　なんで？」

途中で新妻も気付いた。セックスする前に餃子を食べるのは、うん、ないわー。

「ええと、悪かった。今のは、俺が悪い」

「わかっていただけて喜びです」

「嬉しい、でいいよ。大げさだ」

「でも大事なことなので！」

ジャックは「むふーん」と腰に手を当てて笑顔を見せてから、スマホで夕食を注文した。

とても便利な世の中になった。三十分待てば食事にありつける。

「俺は手ぶらで来たんだが……コンビニでビールでも買ってくるか？」

「麦茶があるので、それで十分です」

「外国人が麦茶？　飲めるのか？　俺は好きだが」

「はい。香ばしくて好きです。それに体にいい。簡単に自分で作れるのが最高です。ちょっと待っててくださいね」

「手伝うよ」

「ソファに座って待っててください」

なにもせずに座って待てと。いや座るけど。

新妻は腰を下ろして、「座り心地がいいな」と呟く。

背もたれに体を預けて足を伸ばすと、一緒に尻尾も伸びる。何度かタシンタシンとソファに尻尾を打ちつけて、盛大なあくびをした。

「今の……凄く可愛かったんですけど……。野生の黒猫って感じで……っ！」

可愛いと黒猫がイコールになるのか知らないが、ジャックは頬を赤くして「可愛い」と言う。

「そりゃただの野良猫だろ。というか、俺が可愛いかよ」

「はい。世界一」

笑顔で尻尾をモフモフさせてるお前の方が可愛いよ。

新妻は右手でジャックを手招いて、素直に寄ってきた彼の頭を両手で撫で回す。

指に絡まってくる癖っ毛が気持ちよくて、無心で撫で回していると、ジャックが「俺がなにも出来ません」と文句を言った。

「別にいいだろ？　はぁー……柔らかくて気持ちいい」

「俺も新妻さんの髪に触りたい」

「お前はそれだけじゃ済まないだろ」

もうすぐデリバリーの配達員が来るのに、支払いが出来ない状態には陥《おちい》りたくない。

「こういう一方的な触れ合いは、大変残念です」

まったく。うるさい男だ。

新妻は自分の尻尾でジャックの左腕をすりすりと撫でてやる。

「この尻尾、触ってもいいですか？」

「好きにしろ」

よしよし、スリスリ。

二人は配達員がチャイムを鳴らすまで、無心に互いを触りまくった。


回鍋肉《ホイコーロー》や青椒肉絲《チンジャオロースー》という定番メニューの他に、豚の角煮やエビチリがテーブルに並ぶ。そこに白いご飯が盛られた器と麦茶の入ったグラスが二つ。取り皿が二枚。

ジャックは今度こそ……と割り箸を割ったが、今回も失敗した。新妻は笑いながら自分の割った箸と替えてやる。

「この割り箸、難易度が高いです」

「そうだなあ。今は、最初から二本になってる割り箸の方が多いからな。箸が難しかったらレンゲとフォークを使えばいい」

「せっかく箸が使えるのに、フォークは嫌です。子供です」

「お前の箸使いは見ていてハラハラするんだよ」

「でしたら、教えてくれてもいいですよ？」

言い方を間違えているのはわかったが、なんとなく苛ついたので、手のひらで肩を叩いたら「俺が訴えないのは新妻さんを愛しているからです。叩くの止めて」と真顔で怒られた。

「日本人は、親しみを込めて叩くんだが」

「それでもダメです。親しみは言葉で伝えてください」

鼻に皺を寄せて怒るジャックは、怒ったときのオオカミの顔によく似ている。

「次から気をつける」

「はい。……このエビチリは美味しいですね」

「回鍋肉も旨い。あー……やっぱ餃子も頼んでおけばよかった」

「新妻さんは、どこにデリカシーを落としてきちゃったんですか？　俺が拾ってきますから教えてください」

まったく困った人ですね……的な表情で言われると、ますます苛つく。

「お前こそ、よくもそういう回りくどい言い方を覚えたよな」

「教育番組の他に現代ドラマも観てますから」

「昨日は観てなかっただろ」

「はい。多分、今日も観ませんよ。……ちょっと味が濃いけど、肉美味しいです」

言い回しまで覚えやがった。

新妻は「味が濃いのは米と一緒に食え」と言って、ジャックの取り皿にご飯を盛る。

「ありがとうございます。新妻さんはすっかり俺に慣れましたね」

「ん？」

首を傾げて豚の角煮を頬張ったところで、ジャックがいきなり英語で喋り始めた。なにを言っているのか、知っている単語を拾うだけで精一杯だ。

口の中の肉を飲み込んでから、紙ナプキンで口周りを拭いて文句を言った。

「は？　俺の英語の成績を知ってんのか？　おい！　壊滅的だったんだぞ？　ライクやラブしか拾えないんだから、お前が俺に合わせて日本語を話せよ」

なのにジャックは「んふふー」と目を細めて口角を上げたまま、なにも言わずによしよしと新妻の頭を撫でる。

「おいこら」

「英語を聞いても食事が出来る。気分が悪くなったりしない。俺のお陰です、新妻さん」

「…………おい」

「俺たちは、出会うべくして出会ったのではありませんか？　運命よりももっと強い、愛の磁石で引き寄せられたんですよ。きっと」

自信たっぷりのジャックに、新妻は何度か瞬きをした。

そんな考え方もあるのかと驚く。

「しかし、磁石かよ」

「ずっとくっついていたいので」

「俺は外国人も英語も……まったくダメだったのになあ。凄いなジャック」

たった数日で外国人と英語に対する苦手意識を根こそぎ引っこ抜かれた。

これはもう感謝しかない。

「俺が世話をする相手がお前でよかった。そうだな、お前のお陰だ。感謝する」

「だからといって、俺以外の外国人の中にわざわざ入っていこうとしないでくださいね？

もしかしたら、具合が悪くなるかも」

「お前が一緒なら大丈夫だろ、きっと」

「離れろと言っても離れませんからね、俺は」

「……好きにしろよ」

久しぶりのエビチリは美味しい。新妻はエビチリを口に入れながら頷く。

「もっと具体的に言ってください。俺が必要だとか、俺を愛しているから傍《そば》にいろとか。

仕方ないから傍にいればという態度は傷付きます」

「そういうつもりはないんだが……お前が傍にいると楽しいよ。傍にいてくれると嬉しい。

でも、これって恋愛感情なのか？　確かにセックスはしたが……その……」

「セックスの相性は大事なんです。新妻さんは俺とのセックスで気持ちよかったですよね？　だから俺たちは上手くやっていけます。絶対に大丈夫ですから！」

新妻は、ジャックの勢いに押されているのがわかった。

押されて流されかけている。この流れに身を任せるのは簡単だが、本当にそれでいいのか、まだ心に躊躇《ためら》いがあった。

「その、俺は、もう一度、してから、考えた方がいいと思う」

恥ずかしいやら照れ臭いやらで、新妻はそっぽを向いてそう言った。

シャワーとアンダーウェアを借りてさっぱりしたのはいいが、新妻は気持ちが落ち着かずに何度もバスローブの袖を引っ張った。

着慣れないものを着ているせいか、ここはジャックの部屋なのにどこかのホテルのような気までしてきた。

「新妻さん、こっち」

ジャックもバスローブを羽織っているが、頭にバスタオルも被っていた。毛先からポツポツと雫が垂れていて、ちゃんと拭いていないのがわかる。

「ちゃんと拭け。風邪を引くぞ」

「これから暖かくなるから大丈夫」

そう言って、ジャックは新妻の右手を摑んで、手の甲にキスをした。

「寝室は隣の部屋から一番離れてるんだ。外は壁。だからね、新妻さんが大きな声を上げても大丈夫」

「そんな大声、出すか」

「んー……俺が出させるかもね」

ぐいと腕を引っ張られて、ベッドの上に二人してダイブする。

ベッドしかない部屋なのにお洒落に見えるのは壁紙がえんじ色で、写真パネルがバランスよく掛けられているからだろう。ベッドの足元の方に細長いチューリップのような形の間接灯がおいてあり、柔らかな明かりで室内を照らしている。

「俺ってやっぱり押しが強い?」

バスローブを脱がしながらなにを言うか。新妻は「バカか?」と眉間に皺を寄せて言い返す。

「照れ隠し? 気持ちのいいことをされるのが恥ずかしいの? 俺は楽しい」

「お前、黙れ」

「俺に押されて、流されて、すっかり俺のものになって欲しいな」

ああそうかもな。その方がきっと楽だ。めちゃくちゃ愛されている感もある。絶対にこっちの方が幸せになれる。でも、最初の一歩を踏み出すのは辛いのだ。曖昧なままの方が楽だし、なにかあったときに傷付かずに済む。

新妻は、自分を組み敷いている男を見上げて、その太腿を尻尾でタシタシと叩く。

「なに?」

「お互いストレートじゃないか。もしお前に、他に好きな人が出来たら俺は捨てられるだろ? そしたら結構辛いと思うんだ……」

「はあ？」

ジャックが眉間に皺を寄せ、果てしなく柄の悪い外国人の顔になる。

「その顔、やめろ。似合わないから」

「いやいやいやいやいや、NOです、NO！　新妻さんがあまりにもバカなことを言うから、こんな顔にもなります」

「俺だって、別れたらどうしようと思いながら付き合うことはしたくない。だが、もし別れたら引きずるのは俺の方だ。ボーナスを掛けてもいいぞ？」

「なんで」

「……お前は綺麗だし面白いし可愛いから、次の相手はすぐ見つかるだろう。でも俺は、多分無理だ。そんな、お前よりいい奴と出会えるとは思えない。だから、お前に振られたら俺はその後は一生独身で過ごすことになる。絶対にそうだ」

ジャックが神妙な表情を浮かべて、唇をきゅっと引き締めた。

「自分でもバカなことを言ってるなと思うけど、でも、こういうバカなことほど実際起きるからな」

べしべしとジャックの太腿を叩いていた尻尾が、いきなり握り締められる。

「いって！　おい、離せ！　そこ急所！」

「新妻さんのバカ！　別れるくらいなら、あなたを殺して俺も死ぬっ！」

ジャックの大きな尻尾がボッと膨らんでますます大きくなった。

「……は？」

ジャックが、掴んでいた新妻の尻尾を離し、今度は彼の両肩を力任せに掴む。

「俺があなたと別れるわけない！　誰が離すか！　生まれて初めて一目で恋に落ちたんだ！　もうこれ以上いじわるなことは言わないで……っ」

目に浮かんでいた涙がポロポロと零れ落ちて、新妻の顔に落ちていく。

こんな綺麗な男を泣かせるなんて、俺は最悪だな。

新妻は両手でジャックの頬を包み、指先で涙を拭いながら「泣くなよ……」と慰めた。

「誰が俺を泣かしてるんですか？　新妻さんのせいだ。こんなに酷いこと言われても、俺はあなたが好きでたまらない」

「ごめんな。でも俺だって不安なんだよ……」

体の相性はよかったのは認めるが、もし相性がいいのがそこだけだったら悲惨な結果しか見えない。

「大事にする。しますから……。俺の予約妻になって。新妻さんは一生、俺のリザーブシートに座ってて。絶対に座り心地がいいから……」

泣きながらそれでもアピールを忘れないジャックが可愛い。赤くなった鼻の頭が可愛い。

出会って一週間も経っていないのに、こんな感情が芽生えていいのだろうか。だが、自分

が苦手を克服したように、恋をするにも時間は関係ないのだと思う。

なにより新妻は、ジャックを失いたくない。今分かった。

「ジャック。俺から離れるなよ」

「離れません。……というか、それは英語にするとどういう意味になりますか？　俺はハッキリと」

ジャックが言い切る前に、新妻は「一番近い意味がアイラブユーだ」と言って笑う。

「嬉しい！」

「でもほら、俺はお前のことをもっと知らなきゃならないから、今のアイラブユーは仮だ」

「予約みたいなものですか？」

「いつでも取り消し出来る」

「またそういう。新妻さんはもっと素直になった方がいい。俺に愛されてるときみたいに、素直になって！」

言うが早いか、ジャックの唇が新妻の唇を捕らえた。

静かな寝室に繰り返しキスをする音が響く。

舐めて絡めて、それからそっと嚙んで、また舐める。動物のグルーミングのようなキスが気持ちよくて、新妻は呼吸の合間に「もっと」とねだった。

「ほら。素直な新妻さんだ。もっとキスして欲しいの？」

「ああ、してくれ。お前のキス、気持ちいいんだ」

気持ちのいいキスをもっと知りたい。もっと欲しい。

新妻はキスを受けながら、両手を伸ばしてジャックの頭やオオカミ耳を撫で回す。口の中と指先で柔らかな快感を辿っていくのが楽しい。

ジャックも、新妻の黒髪を掻き回し、三毛の証の髪を掻き混ぜながら尖った猫耳を口に入れて甘噛みした。

「ぁあっ、あ……バカ、そこ、ダメ……っ」

「俺も感じるから、新妻さんも感じるよね？　猫耳、囓られて気持ちいいね？」

はむはむと唇で食まれ、そっと歯を立てて噛まれる。それだけでどうしようもなく感じて声が出てしまうのに、耳の中に指や舌を差し込まれてはたまらない。

「だ、ダメだ、そこ、気持ちいいからっ！　も、中に指入れて動かすなっ！」

よすぎてやめて欲しいだなんて初めてだ。

グレイの下着に包まれていた性器は形を変えるだけでなく、中心に大きな染みを作っていく。はだけたバスローブからそこが見えて、ジャックが「新妻さん、いっぱい濡れてる」と囁いた。

「そんな変な言葉、どこで覚えたんだよ……っ」

「アメリカにいたとき、電子書籍のお世話になりました。日本のエロ漫画は語彙《ごい》の宝庫です。覚えても使う機会があまりなかったので、今使えて嬉しい」

「エロ漫画で日本語の勉強するなよ……っ、あ、あああっ、パンツ、下ろすなっ、見えちゃう、見えちゃうだろ……っ」

ダメだと言うのに、ジャックの左手が下着に触れて、ゆっくりとずり下ろしていく。下着のウエストゴムを興奮してふっくらとした陰嚢《いんのう》の下に引っかけると、熱い性器が露《あらわ》になった。

「とろとろになって、アンダーの毛まで濡れてる。新妻さんの一番素直なところが、ヒクヒク動いて可愛い」

「は、ぁ、バカ……言うな……っ」

「一度やってみたかったんだけど、これ」

先端を撫でていたジャックの指が離れたかと思うと、今度は柔らかな毛に包まれる。

「……っ！」

慌てて下を向くと、自分の陰茎がフサフサのオオカミ尻尾に愛撫されていた。

「なにやって……っ」

「んー？　これ、気持ちいいよね？　俺の尻尾でいっぱい弄ってあげるから、ちゃんと見て気持ちよくなってね」

嬉しそうに目尻を下げるジャックに、新妻は「バカ」としか言えなかった。

尻尾の先端で亀頭を撫で回し鈴口をツンツンと刺激される度に、とぷとぷと先走りが溢れて切ない気持ちになる。切なくて気持ちよくて、ついつい腰を動かして、より深い刺激を求めていく。

「俺の尻尾がこんなに濡れちゃったよ、新妻さん。そんなに気持ちいい？」

「ん、いい。凄く、いい……っ」

「素直で可愛い」

ジャックの尻尾が、柔らかな筆を使うように、新妻の陰茎をくすぐり撫で回し、戻ってきては先走りを拭うように亀頭のくびれに触れる。

それがたまらなくよくて、新妻はビクンと腰を揺らした。

「ああもう、凄く可愛い」

ジャックが新妻の頬や唇をぺろぺろと舐めると、新妻も口を開いて応えてやる。

「あ、ジャック、ジャックっ、いい……っ」

ねっとりと濡れた尻尾で陰茎をひたすら可愛がられても、射精出来る刺激は与えてもらえない。新妻は「ジャック」と呼んで強い刺激を乞《こ》うが、ジャックはわざと無視した。

「新妻さん、ね、自分の尻尾も使って。長い猫尻尾。自分のペニスに絡めて、動かして。きっと気持ちいいから」

言われるままに自分の尻尾を陰茎に絡め、ジャックの見ている前で自慰をするように上下に動かす。恥ずかしくて顔を背けると、「恥ずかしがるのが可愛い」と言われた。

その言い方がとろとろに溶けてしまう蜂蜜のように甘くて、新妻の心まで歓喜に染めていく。口からはひっきりなしに上擦った声が零れ落ち、腰が勝手に揺れていく。

「そのままイかないでね？　もう少し我慢して」

「え？　俺、も、出したい……っ」

「そんな急がずに、ゆっくり動かして」

簡単に言うなバカ。気持ちよくて死にそうなんだこっちは……っ。

新妻はジャックの首に回した腕に力を込めて引き寄せ、彼の大きな耳に噛みついた。

「ちょ……っ、それ、やめて。弱点だからやめて……っ！」

「気持ちいいだろ？　これ」

「いろいろと我慢出来なくなる……ってば！」

視界の隅で、モフ尻尾が揺れて、時折新妻の足に当たる。結構しっかりしていて当たると痛い。

「毛皮は柔らかいのに、当たると痛いって……変なの」

「それ、新妻さんの尻尾も同じですからねっ」

「痛い？」

新妻は尻尾をゆっくりと移動して、ジャックの腰を優しく撫でてやる。するとジャックは「くすぐったいね」と言って、お返しとばかりに新妻の脇腹を撫で上げた。

「ん……っ」

「モフを意識したセックスって、気持ちいいでしょ？　グルーミングの延長が愛撫になって、でも動物と違うから繁殖行為じゃない。大事な大事な、愛してる人とすると信じられないくらい気持ちよくて、さ、新妻さん」

ジャックが新妻の胸に唇を押しつけて、そこに赤い痕をつける。

「そうかも。……俺、耳や尻尾を使うセックスなんてしたことなかったんだけど……ジャック、お前本当にいやらしいな。どれだけ経験しているんだよ」

「新妻さんに出会うまでのお勉強だと思ってください。俺は、あなたと二人で気持ちよくなりたい。これからも」

頭を左右に振って新妻の手から離れたジャックが、榛色の綺麗な目で、じっと見下ろしてくる。指先で鼻を辿り、そのまま薄い唇をなぞってあごを撫で、喉をそっとくすぐってやると子犬のように「クーン」と鳴き真似をした。それが可愛くて顔が赤くなる。

「なんだろうな。お前って……俺の中にある、なにかのツボを押すんだよ。だから、今も、その、可愛いお前と気持ちよくなりたくて」

言ってしまった。

ははは と笑ってごまかそうとしたが、真剣な顔で「俺はあなたのために可愛いんです」と言われてしまって、「それはありがたい」と返事をする。

ベッドの上でいやらしい恰好をしているのに、こんな会話になってしまうなんて。

「あの、今からもっと気持ちよくしていいですか？」

「あ、ああ。してくれ。あと俺も、なにか出来るよう努力する。こういうのは協力した方が気持ちよくなれるんだよな？」

「……ガッ」

ジャックがいきなり変な声を出して新妻の胸に額を押しつける。

「え？　どうした？　おい」

「俺が押しまくったから？　それとも押しすぎた？　新妻さんからぐいって押されるとは思ってなかったので……」

小さな声で「嬉しい」と言われた。

ああうん、やっぱり可愛いわこいつ。俺の中の、押すと甘酸っぱくなる部分をガンガン押してくる。ダッシュしないピンポンダッシュってこんな感じかも。

「これはもう……気合いを入れて気持ちよくしてあげないと。俺、あなたに離婚されたくないので頑張ります」

「離婚もなにも、結婚だって……」

「あなたは俺の予約妻、ですから」

ジャックが顔を上げて微笑む。

新妻は期待してごくりと喉を鳴らした。


昨日、散々突き上げられた後孔は、今はすんなりジャックの指を飲み込んでいる。

「新妻さんの顔を見ながらしたいです」と言われて仰向けになり、膝を曲げて足を広げた。

「ローション、冷たくないですか？」

無味無臭の「体に無害。舐めても平気」を謳《うた》っている自然派ラブローションが、会陰から垂らされてジャックの指と後孔をねっとりと濡らす。

「平気、だ。それより、体の中がムズムズするから……早く入ってきて欲しい」

「そんな大胆に誘わないでください。さっきの愛撫でも俺は結構我慢してたんですから」

「我慢するなよ、バカ。何度でも付き合ってやるから、ほら。…………あっ、あ、んんっ、そこ、凄くいい」

ジャックの筋張った長い指が、新妻のもっとも感じる場所を指の腹で擦り出した。

「素直な新妻さん、大好き。ここで一度、射精して」

「え？　あ、あぁっ、ちょっと待って！　待てってば、そんな強く弄ったらダメだって、あ、あ、あ……っ！　ん、ふっ」

新妻は左手の指を噛んで声を堪えたまま、ジャックに見下ろされながら射精する。

昨日散々射精したというのに、今もたっぷりと鈴口から溢れ出た。

「指、痛くなるから噛まないで。噛むなら、俺を噛んでください」

「肌に痕が残る。お前、綺麗なんだから……そういうの、ちゃんと意識して」

「俺は、新妻さんに痕をつけてもらうの嬉しい」

そう言って、ジャックが自分の左手の指を新妻の唇に押しつける。

指など差し出されたら噛み千切ってしまいそうだ。モフに野性はないけれど、一般の人間よりも身体能力が高いので、興奮したら加減が出来るかわからない。ジャックの綺麗な体に酷い傷痕が残ったら、一生後悔する。

「ダメ。お前の両手は……俺の体を触っていれば、いい」

新妻はジャックの手を自分の胸にあてがう。

女性のような乳房はないが、ある程度は鍛えているので柔らかみはある。

「おねだり新妻さん、可愛いね。俺、新妻さんの胸を揉みながら中に入りたいんだけどいい？」

「お前の好きにしていいよ。……でも、あれだ、ゴムは」

「いっぱい出るからゴムを付けても無駄だと思う」

「……そんな、いっぱい、出されたら、俺、妊娠しそう……」

乳首を押し潰すようにして胸を揉まれて、気持ちよくて声が上擦る。

「妊娠してよ、俺の子。可愛いモフをいっぱい産んで」

「待て、それはちょっと……っ、ひっ、ぁ」

ジャックが膝を使って器用に新妻の下半身を持ち上げて、そのまま挿入してきた。

「温かくて気持ちいい」

「感想はいらないから、早く」

指を伸ばしてジャックの柔らかな髪を摑む。

二人が動く度にベッドが揺れて、スプリングのささやかな音が聞こえた。

「中、奥まで……出していい？」

「いいから、奥まで、弄ってくれよ。腹の中、もう、お前が欲しくて我慢出来ない」

後孔に力を入れてジャックの陰茎を締めつける。

「は、あ、気持ちいい。まだ二回目なのに、こんないやらしいことを覚えて、俺の新妻さんは物覚えが早すぎる」

ジャックが目を細めて笑う。嬉しくてたまらないのか、大きなモフ尻尾も揺れていた。

「……ジャック」

新妻の黒い猫尻尾が、ジャックの右手にそっと絡みつく。そのまま、すりすりと彼の腕を撫でた。

「俺、新妻さんの尻尾、大好き」

「俺も、ジャックの尻尾が好き」

「んん？　つまり俺が好き？」

「どうだろう。でも、お前の体は結構好きだ」

ジャックが眉間に皺を寄せて嫌な顔を見せた。

意趣返し……と言うほどのものではないが、ちょっとした仕返しにはなったと思う。

「……体より心の方が欲しいって、今よくわかりました。いじわるしないでください」

「もうしないよ。変な顔するな。気持ちよさそうにしてる顔が見たい」

綺麗なオオカミのいやらしい顔にぐっとくる。激しく攻め立てられていないのに達しそうになる。それはわざわざ言わないけれど。

新妻は「いっぱい動いて、俺をよくしてくれ」と言って、ジャックの耳をくすぐった。


平日なんだよな……。

ガクガクと震える足を叱咤《しった》しながらシャワーを浴びて、バスローブを羽織って寝室まで戻る。ベッドサイドのテーブルに置いてあるスマホを摑んで時間を確認すると、午前二時三十分になっていた。

「やりたい盛りの思春期でもあるまいし」

そのままベッドに寝転がる。シーツからフローラルのいい香りがしたので、きっとジャックが交換してくれたのだろう。

彼は今、新妻と入れ替わりにシャワーを浴びている。

「だる……」

体がまだセックスをしているような感覚があった。

最高に気持ちがよかったが、二日続けてこの激しさでは体がもたない。モフは身体能力が高いといっても限度がある。

今まで同じ家猫タイプのモフか普通の人間としかセックスをしたことがないので確実なことは言えないが、もしやオオカミモフのセックスは激しいんだろうか。

新妻は、本人に聞くかどうするか迷いながら目を閉じる。

ジャックが鼻歌を歌いながら寝室に戻ってきた。この曲は知っている。アクション映画のテーマ曲だ。

「新妻さん、はい水」

ペットボトルの水を頬に押しつけられた。冷たくて気持ちがいい。

「ドライヤーで髪を乾かさないと、癖がついて大変だよ？」

「面倒臭いからもういい」

「俺がしてあげるから」

よしよしと頭を撫でられると、ますます気持ちがよくなってこのまま眠ってしまいそうになる。

「気持ちよくて眠くて……ここは天国かもしれない……」

のろのろと体を起こし、そう言って水を飲むと、ジャックが可愛い声で笑った。

「あと六十年は天国に行かないでね？」

眠くて頭を前後に動かしていたら、ジャックが肩を貸してくれた。

新妻はジャックの肩にもたれて、だるそうに水を飲んで「ジャックとのセックスは凄く気持ちがいい」と感想を口にする。

「俺も、新妻さんとのセックスは最高に気持ちがいい」

「実はキスも気持ちがいいんだ。……思うんだけど、同性同士のセックスで一番のネックはキスじゃないか？」

ジャックが「んー……？」と、なんとも言えない声を出すが、新妻は目を閉じたまま気にせず口を動かした。

「突っ込むだけなら、まあ、どうにか出来るんじゃないかと思う。『セックスをしないと出られない部屋』に男二人で入れられても、頑張ればどうにかなるだろ。でも、キスっていうのは……」

「え？　日本にはそんなゴージャスなアトラクションがあるの？　エロくない？　最高じゃない？　今度一緒に行きましょう」

「いや、たまにSNSで回ってくるんだよ。『なにかしないと出られない部屋』っていう遊びが。実際にはない。フィクションの話」

「なんだ」

「あったら怖い」

「俺は新妻さんの発想の方が怖いです。取りあえず尻を出しちゃうんですか？」

「たとえばの話だろ！」

新妻はクスクス笑いながら、ジャックの首に顔を擦りつけて「いい匂い」と言った。

こういう、さっぱりした体でベタベタ触るのは楽しい。

ジャックもさっきからモフ尻尾で、パフパフと新妻の腰を叩いている。その尻尾に、新妻の猫尻尾が絡みついた。

「キスって、なんか違うんだよ。口ってたくさんの手段があるだろう？　話したり食べたりと忙しい。いつも他人に見える場所で隠さない。その場所を使ってキスをするって、それだけでエロいよな」

「そこまで考えたことないですが……うん、気持ちはわかります」

二人は互いの尻尾をじゃれ合わせながら、のんびりと言葉を交わす。

「表に出てる場所なのに、内臓にも繋がってる場所だ。だから、好きでない奴とキスをするるって怖いよな」

「凄いこと考えてますね、新妻さん」

「だって俺、あんまり好きじゃないんだ、キス」

「え」

「でも、お前とするキスは気持ちよくて好き。唇をぺろぺろ舐められるのくすぐったいけど、お前凄く可愛い顔で舐めてくるから好き。甘ったれた子供みたいだ」

「子供とセックスしないでしょ」

「はは、そうだな。……お前はセックスの相性が大事って言ったけど、俺はキスの相性の方がより大事だと思う」

「うん」

「お前キス上手いし、唇を合わせてると気持ちいいから好きだ」

「愛してる人とのキスなんですから、気持ちよくて当然」

尻尾だけでなく、指も絡め合う。互いの、筋張った指を撫でて摩り、指を絡めて握り締める。少し浮いた血管に心がざわつく。

「手も、こうして見るとエロいな。お前の手、でかくて筋張ってて、力を入れると血管が浮くの。でも爪は綺麗に整えてあって好き」

「性的魅力が出る場所ですから。でも、なんとも思ってない人の手を見ても無感動ですよ？　つまり新妻さんは、俺を愛しているから、俺の手をエロいと思うんです」

「…………そうなのか」

もう眠くて眠くて、返事をするので精一杯だった。

「新妻さん？　寝る？」

「ん。寝る。目覚まし……」

「明日はゆっくり行きましょう。『創走』からの追加資料は午後着だったし、ユニットでまとめていた資料も、ほぼほぼ出来てますから」

「そうか。……だったら、朝のラッシュを避けて会社に行こう」

「はあい」

ジャックは笑顔で自分のスマホを摑み、アプリで目覚ましをセットした。

「おやすみジャック」

ふわふわの布団に潜り込むこともせず、そのまま寝に入った新妻に、ジャックは「風邪引くから、一緒に中に潜ろうね」と囁いておやすみのキスをした。

「スラックスの尻尾の位置、大丈夫ですか？」

「問題ない」

「足のサイズが同じでよかった。この靴を合わせてくださいね。ベルトはこれ、ワイシャツとネクタイはハンガーに掛けておきます。靴下とアンダーシャツはこっち。ハンカチはテーブルの上です」

「お前は小学生のお母さんか」

「だって！　新妻さんが俺のスーツを着てくれているんですよ？　もう嬉しくて嬉しくて浮かれてしまいます！」

新妻は上に着るものだけ貸してくれと言ったのに、ジャックが嬉々としてスーツ一式を出してきた。

一目で高級メーカーのスーツだとわかる生地のよさに、内心ビビる。

「肩幅が少し緩いが、見苦しくはないな。どうせ会社に着いたら脱ぐし。これでいい」

置かれたものを順番に着て、出勤支度は整った。

「着ていた服は、俺がクリーニングに出しておきますね。いつでも新妻さんがうちに来られるように」

「え」

「なので、新妻さんのマンションにある俺の服も、そのまま置いておいてください。いつでも行けるように」

「あー………まあ、そうなるか」

新妻はネクタイを結びながら適当に頷く。

「あなたはもう俺のホンサイですから。ただ一人の愛する人ですからね」

「ホンサイって意味がわかって使ってるのか？」

へっぽこ翻訳アプリが。

新妻はジャックの鼻先を指でツンと押して、眉を下げて笑った。

「子供扱いはやめてください」

「してないよ。ただ、ジャックは構うと可愛いから」

「俺が好きだから可愛いと思うんです。自覚して。そして俺は、常にあなたからの告白を待っています」

そんなの、もう別に言わなくてもいいじゃないか。

口から出そうになった言葉を、辛《かろ》うじて飲み込む。ジャックは曖昧な態度を嫌う。ハッキリしろと詰め寄って押してくる。

やることをやっているのに、「恋人同士でいいのか？　それで」と首を傾げてしまう自分は、不誠実だと思う。

あと少しでラインを越える。

でも新妻はずるいので、ゆるゆるの関係で楽しみたいと思った。

「新妻さん、食事は駅前のカフェにしましょう。まだ行ったことがないので、一緒に入りたいです」

「うん、いいよ」

尻尾をブンブン振り回すジャックは、本当に可愛いと思う。太くて長い尻尾も愛しい。

「ジャック、ヘアピンを貸してくれ。髪の毛を隠す」

男の三毛だとバレないように、オレンジ色の髪の上に黒髪を丁寧に重ね、ピンで留める。

これでどこにでもいる平凡な家猫のモフだ。

「では行きましょうか。行ってきます」

「行ってらっしゃい？　俺も行ってきますだぞ」

「はい、新妻さんも行ってらっしゃい」

二人は互いにそう言って、顔を見合わせて笑った。

こんな出勤もたまにはいいな。

着慣れないスーツを着て、リュックを持つ。そうすると、よくある通勤サラリーマンの姿だ。

「では行ってきますのキスを」

ジャックが顔を寄せてきたので、新妻は頬にキスをしてやったら、「俺もします」と言って唇にキスをされた。

いやそれ、違うだろ。

ジャックが「やったもの勝ち、です」と偉そうに笑ってカギを掛ける。

「昨日はテレビを観てないだろ。どこで覚えた」

「職場で！」

新妻は会社に行ったら「ジャックのいるところで変な日本語は控えてくれ」とお願いすることに決めた。

田上は目を丸くした。

ローワンはぽかんと口を開けた。

斧形は「マジか」と呟いた。

新妻がジャックと共にスーツ姿でフロアに現れた瞬間の、ユニットの反応が酷い。

「俺がコーディネートしました。たまにはこう、ビシッとしたスーツもいいと思って」

他のユニットからは「似合ってるよ」と声が掛かる。

「いやまあ、うん。新妻君はどこでジャックと合流したの？　駅？」

田上の問いかけに、ジャックは「昨日は俺の家に泊まりましたから」と笑顔を見せた。

みな、なんとなく察した。いろいろと察した。

斧形など「新婚旅行の行き先は決めたか？」とへらへら笑う。

「いや、そういう関係ではないです。パートナー制度の申請はいりませんから」

「俺は内縁でもいいです。ところでこの内縁っていやらしい響きだと思いませんか？」

新妻はさらりと否定した。ジャックがまた変なことを言っている。

「まあいい。全裸でない限り、仕事をちゃんとしてくれれば文句はないわ。でもまあ、いつもの学生みたいな恰好より似合ってるわよ。会社員みたい」

「いや田上さん、『みたい』じゃなく俺は会社員ですから。ただ仕事内容がクリエイティブなだけで」

そう言うと田上は「あらわかってるわよ!」と新妻の肩を叩いて笑った。

「しかし、ジャックのスーツを借りちゃうとはな。クライアントみたいだ」

斧形がジャックの手に「貰い物のフィナンシェあげる」と菓子をいくつか押しつける。

「ああ、そういえばそうだな。クライアントみたいだ」

自由な服装の雲上クリエイティブと違い、クライアントは大体がスーツ。打ち合わせももちろんスーツで、打ち上げのときも彼らは常にスーツだ。

「オフィスって感じが出て……俺はとても好きです」

「ここはオフィスだ」

新妻は、長くて太めの黒尻尾でジャックの尻をべしべし叩く。モフ用の高級スーツは、センターベンツからいい感じに尻尾が出るようにデザインされているんだなと感心するほどだ。

「はいはい。仕事しましょう。俺は、今度の会議で提案出来るようにいくつも考えて頭の中に入れてます」

「いつになくやる気だな、お前」

「だって、新妻さんの予約夫として……恥ずかしいことは出来ません」

予約夫……？

ここでまた斧形が「フィアンセな。そうか、そういうことか」と余計なことを言ったものだから、なんとなく雰囲気を察した同僚や先輩たちに「おめでとう」と口々に言われた。顔から火が出るほど恥ずかしいし、そういうプライベートを職場に持っていきたくない！

新妻の尻尾は鞭《むち》のようにしなってジャックの尻を叩いた。

「痛いですー、新妻さん」

「訴えたかったら訴えろ、バカ」

「照れなくてもいいじゃないですか」

「ほんと黙れ、お前」

冷や汗でワイシャツがじっとりと濡れる。この季節に風邪を引いたら空気が乾燥しているからパンデミックになってしまう。

数年前に雲上クリエイティブを襲った「インフルエンザの乱」を思い出しながら、自分の席に着く。ジャケットを椅子の背もたれに掛けて、ワイシャツを腕まくりしたら、ジャックに「ちゃんとハンガーに掛けて」と注意された。

斧形には「腕まくりは見てて寒い」と文句を言われた。そういう自分も腕まくりをしているくせに。

「そういや、例の誘拐事件、さっき犯人が捕まったらしいぞ。子供は無事保護されたって。よかったな」

斧形がスマホの画面をこっちに向けてニュースの見出しを指さした。

「よかったよ。誘拐事件は本当に嫌だ……」

もう気分は悪くならないが、それでも心がちくりと痛む。

「はい、わかったから仕事しろー。週明けに和久井さんたちと会議だぞー」

ローワンがタブレットを持って移動しながら、斧形たちに注意した。彼はそのまま田上と二人で連れ立ってフロアを出て行く。

「あの二人、付き合ってないのが不思議だよな」

「人は人、自分は自分。仕事しろよ。集計の合間に新しい提案書も書け」

新妻は斧形に突っ込みを入れて、自分も仕事に取りかかる。

氏家が提案したブライダルイベントは、どれもピンとこなかったが、きっと和久井ならなにか面白い企画を出してくれそうだ。協議して形にするのは自分たちで、それなりに大変だろうが、どうせなら面白い企画を形にしたい。

ノートパソコンのモニターに映し出された表を確認しつつ、追加入力していく。

「結婚式って……しないカップルもいるよな」

「ですね。俺はどっちでもいいですが、人生の節目として結婚式をしたいです。二人きりでもいいし家族や友人を招待してもいい」

いろいろと楽しそうなことを想像しているジャックの向かいから、「若い頃はお金がなくて式を挙げられなかった夫婦もいるしな」と斧形が話に加わる。

「結婚をした証は戸籍なんだろうけど、晴れの日に盛装で写真を撮るのもいいなと思う」

すると新妻の背後からラブラドール先輩が「うちの伯母なんだけど」と尻尾を振りながら話に加わった。この先輩の尻尾は、犬系の中でも当たると結構痛い尻尾だ。

「駆け落ちだったから式を挙げてないのね。で、従姉が小学校に上がったときに、どうして結婚式の写真がないの？　って言われて説明が大変だったって」

「先輩、それ、ある意味結婚式よりドラマティック！　すげえ！　駆け落ち。一度したい！」

斧形は意外とロマンティストだった。

「駆け落ちとは……？」

ジャックが手を挙げて、ラブラドール先輩に尋ねる。

「そうか、英語で駆け落ちって……ランナウェイマリッジ、かな」

「あー………納得！　生きてるロミオとジュリエットですね！」

夢も希望もない言い回しだが、間違ってはいない。

ラブラドール先輩も「そうねー」と困り顔で笑っている。

駆け落ちなど自分とは無縁の世界のことだと思っていたが、こんな身近にあったとは。

「で、結局、駆け落ちのことを話して子供は納得したんですか？」

新妻が聞くと、ラブラドール先輩は軽く頷いた。

「家族で結婚式の写真を撮りに行ったんだって。よくある話よね」

「でも、記念になるからと改めて写真を撮りに行くのは素敵なことだと思います」

「私もそう思う」

ラブラドール先輩は笑顔で頷き、後輩と一緒にフロアを出て行く。

「結婚かー……。したくないけど傍にいてくれる人は欲しい」

「斧形、お前は贅沢だな」

「そう？　あと子供も欲しいな。結婚したくないけど。俺の子供。きっと可愛い熊耳を持って生まれてくるはず」

「熊のモフと結婚すればそうだろうけど、一般の女性と結婚したら確率は半分だ」

「……熊の女子って気が強い子が多いから俺は苦手なんだよ」

「だったら別のモフにすればいい。経理の新人にウサギちゃんがいるじゃないか。あの子小さくて可愛いな」

「あの子はすでに彼氏持ちです」

「総務のキツネちゃんは？　タヌキちゃんもいたよな？　アイドルみたいな子たち」

「大きいモフは怖いって言われちゃった……」

どうやらすでにアタックしていたようだ。

新妻は「どんまい」と慈愛の微笑みを向けるが、斧形は「彼氏がいる奴に慰められても」と文句を言って「仕事に生きる」と宣言した。

その宣言は何回目だ……と突っ込むのはやめて、じっとこっちを見ていたジャックに「どうした？」と声を掛ける。

「仲が良いなあって」

「同期入社だからな。同期でデザイン部に採用されたのは俺と斧形だけだったから、まあいろいろとあったな。主に斧形が」

「おいお前やめろよ。ジャックが変な目で俺を見てるじゃないか」

「俺は具体的なことはなにも言っていない」

「そのうち言うんだろ？　もー。俺は恋多き男だが、好きになった相手には誠実な男だ」

「知ってるよ。だから応援してるって言ってるだろ。ほらもう仕事しろ」

そしてジャックを振り返って、タブレットを指さして「ここの円グラフの色を、もっとわかりやすく」と指示する。

「はい」

「色を変えたらもう一度見せてオッケーだったらプリントアウトな?」

「はい」

「素直だな」

「仕事が出来る人間として尊敬されたいです。親のフラッシュで偉そうにしていたら人望がなくなります」

親の七光り、か。まあそうだろうな。こいつの家は世界も動かす、アメリカの大手広告代理店・グレイス・パブリックだ。動画配信サイトには、世界の名だたる賞を獲ったCMやショートフィルムが公式アップロードされている。

日本では業界人でなければ「知る人ぞ知る」だが、海外だと超メジャーだ。

「頑張れ。俺は応援しているぞ」

「はい。予約妻の愛しい新妻さんの期待に応えます」

取りあえず、「ほんとかよ」と突っ込みを入れるとジャックが拗ねてしまいそうだったので口を閉じて黙る。

そして表を保存して、ブライダルに関するSNSリサーチを始めた。

スーツ姿が好評で且《か》つカジュアルテイストの服よりもコーディネートが楽なことから、新妻は度々スーツで出社するようになった。

オレンジの髪をジェルでまとめて、その上から黒い毛を被せてピンで留める。ジェルのメーカーはここで、と、三毛であることを隠す簡単な手法を生み出してくれたのはジャックで、彼は新妻がスーツを着ることが増えて喜んでいた。

アイロンがけが面倒なので、シャツはまとめて近所のクリーニング店の週に二回あるサービスデーに持ち込んでいる。

前髪に一部白い髪の黒猫モフというスタイルで、もう髪を隠すようにニット帽を深く被ったりしない。

なにを着てもいい職場で、スーツを選ぶ理由は楽だからだよなあ……。

新妻はそう思いながら、氏家が送ってきた添付メールを見て眉間に皺を寄せた。

「なんだこの添付」

開いてみると、今日の会議が終わったあとの飲み会のことが書かれている。

隣のジャックも「なんだこれ」と驚いていた。

斧形に到っては「またあの人と飲むの？　和久井さんが来るのは嬉しいけどさー」と呻き声を上げていた。

「会議って三時からですよね？　今夜は、俺の家に来ます？」

ジャックは新妻にそっと顔を寄せて囁く。

「三度目のセックスがしたいです。こんなに長い間待ては出来ません」

長くなんかない。五日ぐらいだ。間に土日が入ったから長い気がするんだろう。

「休日は遊んでくれないし……」

「部屋の掃除やクリーニングの受け取りとか、やることが山ほどあるんだよ俺は」

「……外国人に会いました？　俺と会っていない間、大丈夫でした？」

今頃拗ね顔を見せられてもな。可愛いな。

新妻はジャックの頭を撫でくり回して「大丈夫だった。ありがとう」と微笑む。もちろん、ジャックの機嫌を取るためだ。

「もっと予約夫を大事にしてください。俺を放っておくと干からびて死にますから。使用上の注意です」

「女子か。……でもまあ、そうだな。もう少し構うようにするよ」

「じゃあ今夜は俺のうち」

「いや。平日にするのは極力やめよう」

するとジャックは途方に暮れた犬のような顔で、息を漏らすように「え？」と言った。

「俺の体のことも考えろ」

「あ」

ジャックがすっと体を離し、美形にあるまじきしょっぱい顔を見せる。人間ってこんな変な顔が出来るんだなと感心するほどに。

「ごめんなさい……」

「いやいや、わかってくれればいい」

「俺は、欲望を爆発させてばかりで……」

「これから気をつければいいから。な？」

いくら宥めても絶望の表情をやめない。

斧形には「どんな怒り方をしたんだよ。可哀相じゃないか」と言われるし、会食から戻ってきたローワンと田上には「その子、誰？　え？　ジャック？」と驚かれるしで大変だったので、ひとまずロッカールームまで連れて行った。

ロッカー前のベンチに座らせて、ペットボトルの水を渡す。

「俺は大事な人の体のことを考えずに……」

「まだ二回しかしてないから大丈夫だ。これから気をつけろ」

「予約夫失格です。予約を取り消してもいいですよ？」

新妻はジャックの前に腰を下ろし、苦悩に満ちた彼の顔を覗き込む。

「取り消し期間はもう過ぎてるから、取り消し出来ないよ。バーカ」

途端に、ジャックのぺたりと垂れ下がっていた耳がきゅっと前に立ち上がり、尻尾ははち切れんばかりに振り回された。

「新妻さん大好き、もう大好きすぎて俺が死ぬレベルです。ラブイズデス」

「お前が死んだら俺が困るだろ」

新妻はジャックに顔を近付けて、ちゅっと触れるだけのキスを唇にする。

「いい子になったな？」

真っ赤な顔で何度も頷くジャックの唇を、今度はそっと舐めてやった。

「これから会議だから、気持ちを切り替えろよ？」

「頑張ります」

ジャックがゆっくりと立ち上がって、新妻をきゅっと抱き締める。新妻も抱き締め返した。

「俺って愛されてる」

「だって、愛してやらないとめちゃくちゃ拗ねるだろ？　お前」

新妻は言うだけ言って、さっさとロッカールームから出る。

あとに残されたジャックは「今の言葉、もう一回言って！」と大声で叫んで、物凄い勢いで新妻のあとを追った。

「こんにちは。結婚総合情報誌パルトネールの和久井です。こっちは私のアシスタントの久保《くぼ》ちゃんです」

会議室に入るなり、和久井は笑顔で挨拶《あいさつ》をした。

彼女も久保もクローズ・ファクターの普通の人で、田上に「これがうちの新人モフ。ジャック」とジャックを紹介する。

「あああ！　なにこの子、若くて美形で……連れて帰りたい！」

「わかるけど和久井、仕事を始めて。騒ぐの我慢して」

「そうですよ和久井さん。僕だってジャック君を前に騒ぎたいのを我慢しているんですから」

田上の言葉に氏家が同意する。

今日の会議は、氏家も柴犬系モフの女性アシスタントを連れて来ていた。ジャックの太くて長い尻尾も素晴らしいが、シバ系の巻き尻尾もキュートだ。

「ええと、今回の企画を誌面でサポートさせていただきます。パルトネールの和久井と久保です。ちまたの女性たちに『こんな結婚式どうよ』という提案をして、それに伴うグッズとのコラボも考えています。今年のうちに話を詰めて、来年から形にして最終的にウインターウエディングに合わせたいなと。氏家さん、そういうお話でしたよね？」

田上とローワンが眉間に皺を寄せたので、和久井が氏家に尋ねる。

「ええハイ。そんな感じで。ロマンティックですよねウインターウエディング」

答えになっていないというか、氏家はローワンたちに「ちゃんとやってよ」と言って自分が被害者のような顔をした。

「家族の繋がりも大事ですが、本当にやりたい挙式をやって欲しいと思います。というわけで、ここに『不幸な結婚式のまとめ』があります」

新妻はジャックや斧形と一緒にまとめた資料をみんなに手渡す。

「あのときしてみたかったけど、周りに反対されて出来なかった……。でもまだあのときの夢は捨て切れない。夫が出てくれないなら、友人と一緒にやる。挙式の女子会のような感じです。男性も、主役は花嫁だからと言われて添え物になったけど、本当はこんなことをしてみたかったという方に、夢を実現させるプランを立てる」

「へえ。新妻君、いろいろ考えてるじゃない」

和久井が「ふむふむ」と頷きながらメモを取る。

「俺一人のアイデアではありません。男三人で考えました」

新妻は斧形とジャックを順番に見た。

「あと。金婚式や銀婚式に改めてウエディングというのもいいかなと。身近なところでは、結婚十五年目の水晶婚式もあります」

今度は斧形が、お手軽価格の記念リングの資料をテーブルに置いた。

「あの一ついいですか？」

ジャックが笑顔で手を挙げたので、田上が「はいどうぞ」と言った。

「リーズナブルで楽しそうで、どこにでも行ける……ということなら、ＶＲはどうでしょう？　ゴーグルを付けた瞬間に、どの国にも行ける。みんなで高価なドレスを着ることも出来る。足腰の弱っている人も一緒に行けますよ。好きな場所で挙式出来る」

「いいね。初期投資が掛かりそうだけど」

ローワンが何度も頷いて「臥龍に行きたいなあ」と言った。

「アバターで挙式になるのか？　それ。いいな」

「そうね。もう少し予算と期間があれば、ゲーム会社と組むことも出来たんだけど。でもジャック君、楽しいアイデアをありがとう」

「次はもっと、役に立ちます」

「あら、頑張りやさん。そういう人、好きよ私」

和久井は美しいものを前にして機嫌がいい。

「愛する妻を支えていくために頑張りたいと思っています」

あ、言ったよこいつ。バカ。

斧形が溜め息をつき、新妻はジャックの足を蹴った。

「あっ、痛いです新妻さん。照れ隠しに足を蹴らないでください。あなたの愛はいつも結構痛いです」

「黙れ。とにかく黙れ」

「だって和久井さん美人じゃないですか。久保さんも可愛し、創走のアシさんも可愛い。俺の大事な新妻さんは俺だけのものと知っておいてもらわないと……」

新妻は立ち上がると、右手でジャックの胸ぐらを摑んで引っ張り立たせる。

「今は仕事中だ。プライベートの関係を出すな。次やらかしたら離婚だぞ」

新妻の耳がしゅっと真後ろを向いてぺたりと伏せられる。尻尾はポンポンに膨らんでちょっとした凶器状態だ。

「…………すみません。ごめんなさい」

一方ジャックの耳はぺたんと力なく伏せられ、大きく長い立派な尻尾は、足の間に挟まっている。

「心の底から悪いと思っているのか？」

「思ってます。黙ってメモ取ってますから、俺を捨てないでください……」

「捨てないから、そんな情けない声を出すな。大人しく座って」

「はい。うるさくしてすみませんでした……」

静まり返った会議室の中で、ジャックがビクビクしながら席に着く。

「あらあら、可愛い恋人ねー新妻君」

「お騒がせしました」

「いいけど、氏家君が死んでるわ」

和久井が指さした先では、氏家がテーブルに突っ伏して低い声で「恋人かよー」と呪いのように呟いている。

「そのうち復活するでしょ。じゃあ私からも提案いいかな？　まず、異性同性関係なく式をやりたい人を募って抽選して、その様子を撮影する。司会者も脚本もない彼ら彼女らだけの記念日。もちろんカップルたちとのカウンセリングは密にする」

田上が「まだ提案だからね。大ざっぱよ」と言った。

「一生に一度、あなたの願いを完璧に叶えます的な感じになると素敵じゃないかな」

ローワンが田上を見つめてにっこり笑う。

「そうね。ポスターのイメージが湧く。うちに今年、いいデザイナーが入ったのよ。その子に作らせたいわ……」

田上もローワンを見つめて微笑み返した。

なにやら二人の世界が出来上がっているが、いちいち突っ込まずに放っておこう。

だが和久井は「そこ、ちょっと仕事だから。今仕事中」と田上の方をバンバン叩いて自分の方を向かせる。

「わかってるわよ。あと、式は挙げなくてもドレスだけ着てみたいって子たちが多いから、そういう子たちを狙うのもあり…………って、氏家さん、なにを見てるの？」

気がつくと、突っ伏していたはずの氏家が新妻を見つめていた。

なにがあったのか、目をまん丸にして驚いている。

オレンジ毛を隠していたはずのピンが外れて、鮮やかな髪が跳ねて見えた。

誰よりも先にジャックが動いて、新妻の頭を自分の手で隠す。

「ダメだよ……僕は見てしまった。もう見ちゃったんだ。新妻君、君は三毛猫なんだね。ウルトラレアな猫モフだよ。お友達になりたいなあ。ねえ、その髪に触ってもいい？　素晴らしいよ。僕は今、一生に一度、訪れるかどうかわからない奇跡を体験している」

氏家は新妻を見つめて、最終的に「ありがたい」と両手を合わせた。

氏家があの調子では会議にならないと、一旦お開きにして彼にはアシスタントに引っ張ってもらって帰ってもらった。

今、会議室には氏家以外の全員が揃っている。

「ご迷惑かけてすみませんでした」

深々と頭を垂れる新妻の前で、和久井と久保が「本当に三色」と感嘆の溜め息をつく。

「氏家さんの性格からして、新妻君のことを言いふらすことはないと思う。なぜなら、それをしたら自分だけの秘密がなくなってしまうから」

氏家ともっとも付き合いのあるローワンが、彼をそう分析した。

「私たちも、口が堅くなくちゃ出来ない仕事をしているわけですから」

「問題ありません」

和久井と久保が深く頷く。それに、新妻のことを触れ回っても自分たちの利益にもならない。

「びっくりしたけど、新妻が新妻であることには変わりないからなあ」

斧形は新妻の肩をポンポンと軽く叩き「これからもよろしくな」と言った。いい友人だ。

落ち込んでいる新妻を背中から抱き締めているのは、「予約夫」のジャックで、一生懸命新妻の肩や腕をさすって慰めている。

彼のモフモフの尻尾や耳も相まって、本当のオオカミの夫婦のようだ。

「なにかあっても、俺がちゃんと守りますからね？　新妻さん」

「…………そうだな。三毛と言ってもオレンジと白い毛が一房ずつあるだけだし、俺はほぼ黒猫だ。もう、隠して生活するのはやめるよ」

「え？　大丈夫なの？　ご両親と話をした方がいいと思うんだけど」

田上が心配そうな不安そうな表情で新妻を見るが、新妻は「俺は、ジャックにしがみつかれても、具合が悪くならない。冷や汗も出ない。だからもう大丈夫だよ、田上さん」と言った。

英語と外国人を怖がっていた頃とはもう違う。身体能力の高いモフとしてトラブルにも対処出来る。

それに、新妻の傍にはジャックがいる。

「激しい演出もドラマティックな話もなにもないまま、俺の正体がバレたことだけが、少し不満。もっとこう……衝撃的なものが欲しかった。今までずっと隠していただけに」

新妻はずっと「不本意だ」と言っていたが、周りは「なに言ってんのよ」と笑って終わった。

「気をつけて」と、ローワンと田上、斧形に見送られて会社を出た。

結局はまたジャックと一緒に彼のマンションに向かう。

新妻はいつも通りにのんびり歩いているが、ジャックが必要以上に周りを気にしていた。

「不自然だからやめろ」と言っても、「これが俺の仕事です」と言って、少しも譲らなかった。

部屋に入ってエアコンをつけて、「部屋が暖まるまで」と抱きついてきたので、「可愛い奴め」と思って抱き締め返してやる。

「もっとデザイン会社らしいことをしたいなあ」

「んー？　今の案件を片付けてからだ。よく話の内容を聞いてろよ？　次回はもっと楽しい会議になるぞ」

「わかりました。新妻さん、デリバリーを頼んじゃいますからその間お風呂に入っててください」

ぎゅうぎゅうに抱き締めたまま、ジャックが言う。

「ピザと寿司とどっちがいい？」

「ピザかな。あと、ポテトとチキンも欲しいですね」

「じゃあそれがいい。お前と同じものを食べるのが楽しいよ」

するとジャックが低く唸《うな》って「そういうこと言うと、したくなるでしょ」と文句を言う。

「ははは。それは困るな」

さすがに三日連続は勘弁して欲しい。

「着替えは用意しておきますから、ね、お風呂入って」

「そうする」

新妻は離れる間際にジャックの頬に唇を押しつけて脱衣所に向かった。


ピザを二枚とサラダ、ポテトにチキン。飲み物はさっぱりと烏龍茶。

テーブルに広げて、今夜のニュースを観ながら好き勝手に頬張る。チーズとソーセージとトマトピザソースが入っていて不味いはずがない。

二人とも腹が減っていたのでほぼ無言で食べ尽くし、最後に残った一本のポテトを誰が食べるかジャンケンで決めた。

バカバカしいことが妙に楽しくて、歯磨きしているときでさえわざとぶつかって「場所を空けろ」と笑いながら洗面台を奪い合った。

ジャックは新妻に髪と尻尾をドライヤーで乾かしてもらい、ますますふわふわになった。そのお返しにと、ジャックが新妻の髪と尻尾を乾かしてやる。新妻の髪はジャックと違ってサラサラストレートなので、ジャックは何度も「気持ちいい」と言って指先で弄んだ。

自分たちがモフでなく動物であったら、きっと出会いもしなかったんだと思う。

だから新妻は、密かに自分がモフであることに感謝した。

「今日は、なにもしないで一緒に寝よう。抱き締め合って寝よう。寒いから足を絡めて、二人ならとても温かくなれるよ」

ベッドに寝転がっているとジャックの腕に搦め捕られる。抱き締めてくる腕が、もう温かい。

新妻は「そうだな。こんな風に、ただ寝るだけって時間はとても贅沢だ。それにオオカミのモフ尻尾が最高に気持ちいい」と言って、自分の尻尾をオオカミ尻尾にそっと絡めた。

「今度、両親が日本に遊びに来たとき、会ってくれると嬉しいです」

「そんな予定があるのか？」

「多分……。日本の正月と花見に憧れているので。悪い人ではないので、少しだけ会ってください」

「ああ。そうしたら、うちの親にも会ってもらおう。お前を見てびっくりすると思うけど、

気にしないでくれ。驚くのは最初だけだから」

「わかりました。……新妻さん、温かいなー……」

「眠いならもう、寝てしまえ」

「新妻さんも一緒に寝よう」

唇に触れるだけのキスを繰り返して、意味もなく笑っては体をまさぐり合う。半分寝ぼけているから、ふわふわとした気持ちになる。

「うん。おやすみジャック」

目を閉じるとまぶたにキスをされた。

「おやすみなさい新妻さん」

ベッドに潜り込んで、ぴったりとくっついて寝息を立てる。

目覚ましは掛けなかったが、次の日の朝はスッキリと目覚めることが出来た。

「オスの三毛猫話」は噂にもならなかった。

髪を不自然に隠すことをしなくなったが、それに関して一人だけ声を掛けてきた乗客がいた。いつも同じ駅から乗っているキツネのモフサラリーマンだ。

相手は大変失礼なことを言いますがと前置きして「円形脱毛じゃなかったんですね。よかったです」と言った。

帽子を被らないときは、いつも不自然に猫耳の後ろをピンで隠しているから、てっきりストレスで大変なことになっているのかと、他人事ながら心配していたそうだ。

彼は三毛に関しては「我々はモフですからいろんなことがありますよ」とだけ言って終わった。いい人だった。

思ったのが、ハッキリした三毛でない限り新妻が三毛だとわからない、ということだった。今時はわざと何色にも染める輩が多い。だから、まったく目立たない。

「心配して損したけど、まあ……そうだよな。男の三毛モフが貴重だっていうことを知ってる人間の方がきっと少ないんだ」

今日もスーツ姿で、商店街のいつもの定食屋に昼食を食べに来ている。

今日の新妻のメニューは和風ハンバーグ定食で、ジャックはメンチカツとエビフライ定食だ。

最初の頃は「外国人だ」と密かに注目を浴びていたジャックだったが、今ではもうすっかり店の雰囲気になじんでいる。

箸の割り方は少しも上手くならなかったが、今日もひたすら挑戦していた。そして失敗。

「お前、資料用のスクラップは几帳面に作れるのに、なんでこういうところが不器用なんだ?」

「俺にもわかりません」

「ダメだなあ。ほら貸せ。俺の箸と交換してやる」

斧形はこのやりとりを見て「甘やかしすぎだろ」と呆れたが、新妻はそうは思っていない。

むしろジャックが頼ってくれるのが嬉しい。

いただきますと言って食事をする姿は、どこから見ても日本のサラリーマンだ。仕事内容は世界を股に掛けることもあるし華やかなシーンもある、なかなかクリエイティブだが、実は地道な作業も多い。プランナーの山猫先輩が「やってることの半分は総務って感じよね」と呟いていたのを思い出した。

仕事で悩むことも多いから、着る服をスーツにして本当によかった。それほどコーディネートしなくていいのはとにかく楽だ。それに誰かとTシャツの柄がバッティングすることもない。社長とシャツの柄が被ったときは、「まさか」と思ってすぐに着替えた。

だがスーツは楽だ。

ローワンが「スーツに目覚めたかー。いい店を知っているから今度一緒に行こう」と言ってくれた。

ジャックも誘ってくれたが、いかんせん彼の行く店は予算オーバーだ。

「新妻さん、ハンバーグ美味しいですか？　俺は今まで照り焼きハンバーグが和風だと思っていました。不思議です」

「あっさりしてて旨いから、今度頼んでみろ」

「そうします。俺のエビフライとメンチカツも旨いです」

「それはよかった」

新妻は軽く頷いて、箸休めの柴漬けを口に放り込んでいい音をさせて食べる。

「俺が次に克服するのは……漬け物、です」

「無理するなよ」

「ピクルスが平気なのに漬け物がダメだなんて悲しいです。頑張ります」

「まあ、ほどほどにな」

新妻の大盛りメシは、すでに半分ほど胃袋に消えている。今も旨そうに千切りキャベツとハンバーグを一緒に頬張った。

食事を終えてレジに向かうと、いつもは厨房にいる店主がいて、「お久しぶりです」と言ったら「せがれに厨房を任せてみたんですよ」と笑った。

それから「あんたが来てくれてから孫たちの受験はみんな成功するわ、娘はいい縁談が来るわ、危なかった嫁の病気が全快するわといいことずくめで不思議だったんだがな、なんのこたあねえ、あんた、招き猫と同じだったんだな。ありがてえや。これからもうちを贔屓にしてくれ」と言って、オマケに煎餅《せんべい》をくれた。

なんで招き猫なんだ？　と首をひねっている新妻の横で、素早くスマホを操作していたジャックが「福を招く招き猫は右手を挙げていて、これはオスなんだそうです」と言った。

船の守り神じゃなかったのか、そうでなかったらいろいろと縁起がいいのだろう。

「商売をしている人はジンクスを大事にしている人が多いので、新妻さんはモテモテですよ。腹立つ」

「ははは。勝手に嫉妬してろ」

「……いえ、闇雲に嫉妬するのは見苦しいので、これからはセーブします」

ジャックは、変な翻訳アプリ語を話さなくなったと思ったら、最近は所々に英単語を入れてきている。

「それならいいけどな」

今日は肌寒く、ジャケットのセンターベンツから見えている尻尾が寒い。するりと持ち上げて腰回りに巻きつけたら。ジャックに「便利ですね」とニヤニヤされた。

「お前の尻尾はまったく寒くないのか?」

「平気です。むしろ、早く雪が降らないかなと祈ってます。それと新妻さん、そのまま後ろを見ずにまっすぐ歩いてください」

「わかった。何があった?」

「氏家さんがじっとこっちを見てます。しかも電柱の陰から。ちょっと怖い」

またか。あの人、ちゃんと仕事をしているのか?

新妻が三毛猫のモフだと発覚した次の日から、氏家が時折こうして覗きに来る。

事情を知っているユニットのメンバーたちは「ストーカーだから通報する」と言っているが、今のところ無害なので大事にはしていない。

「友達になってくださいって言ったらなってやるのに、あんなに風に見つめられたら怖いわなー」

「友達にもなっちゃダメです。ああいうタイプはどんどん行動がエスカレートします。今度、もっとセキュリティのしっかりしたアパートかマンションに引っ越しましょう。もちろん、俺と一緒に住んでください」

「家賃……」

「無理のない金額で、きっちり半分ずつ」

「よくわかってるな。年が明けたら物件を探しに行こう」

「え？　本当に一緒に住んでくれるの？　冗談でなく？」

「本気だ」

「俺たちの愛の巣……！」

「はいはい」

こんなに喜ぶとは思わなかった。

新妻は背後に氏家がいるにも拘《かかわ》らず、ジャックの頭を撫で回して「相変わらずのモフだな」と言ってじゃれついた。

まさか自分がこんな簡単な罠《わな》に引っかかるとは思わなかった。

きっと朝からジャックと一緒にいなかったのが悪かったのだ。

だから慌てて外に出てしまった。

「ジャック君が、創走に出向いてとんでもないことをした。困ってしまって、ちょっと頭を抱えている。尻拭いが出来るかわからないよ、この案件」

そんな電話を氏家から貰ったら、とにかくジャックを助けなければと思うだろう。いや、あのときの自分は冷静さを欠いていた。仕方がない、だってジャックは大事だ。

後輩が「新妻さん大丈夫？」と声を掛けてくれた。

俺は大丈夫。大丈夫じゃないのはジャックだ。

いろんな意見を言いたいって頑張ってたから、直接言いに行ったんだろうか。それにしても、なんで氏家さんのところに行ったんだ？　俺が最初に聞いていればどうにか出来たのに。

でも大事なジャックのために、自分が出来ることはなにかと考えて、まず単独で氏家に会って、話を聞こうと思った。

自分が三毛のモフの男だから、話を聞いてくれるという、ちょっとずるい考えもあった。

田上とローワンは外出中で、斧形は今席を外している。

よし大丈夫。ジャックはきっと泣きそうな顔で俺を待ってる。その可愛い泣き顔を見ていいのは俺だけなんだから。待ってろ。俺の大事なジャック。

新妻はスーツのポケットにスマホを入れて、会社を出た。すると知らない男が「新妻さん！」と手を振って近寄ってくる。

「すみません、俺は氏家さんに頼まれて迎えに来ました」

人の好さそうな笑顔と、こざっぱりとしたスーツの青年に、安堵《あんど》の息を吐く。

「ありがとうございます。わざわざ迎えになんて……」

「はい、こっちに車を停めてありますので、創走まですぐです」

青年は、商店街から外れた位置にあり、老朽化のために解体されるビルの奥に向かう。

そっちに駐車場なんてあったかなと思いつつも、ついていったら。

「悪いね。君に恨みはないんだけど、氏家さんには借りがあるんだ。それに俺は豹のモフだから君より力が強いよ」

羽交《はが》い締めにされて、鼻と口を押さえるように布を押しつけられた。

それきりだ。新妻は自分になにが起きたのかわからなかった。

「まさか、こんな簡単に引っかかってくれるとは思わなかった」

氏家はうっとりとした表情で、鉄格子の向こうから話しかけてくる。

おそらく動物用に作られたものだろう。

壁も床もコンクリートで出来ており、床には僅かに傾斜があった。粗相をしても洗い流しやすいように出来ている。棚の上には小さなテレビ。トイレもバスタブもあるが、壁がなく丸見え。部屋の中央に置かれているやけに立派なベッドが、特に部屋のヤバさを醸し出していた。鎖にこそ繋がれていないが、これは監禁だ。

空調が利いているのが幸いで、新妻は寒さに震えずに済んでいる。

新妻は檻《おり》の中で腕を組み、氏家を睨んだ。

「悪かったな単純で。ジャックになにかあったら、そりゃ俺はすっ飛んでいくさ。相手があんたと知っていてもな」

「ニャーニャーと可愛い声で鳴いていればいいよ。君は僕のコレクションだ。今まで珍しいモフを育ててきたけど、その中でも君は最高のコレクションだよ。男の三毛猫のモフなんて、どれだけ大金を積んでも手に入らないんだから！」

コレクションと言っておきながら、これが住まいか。最悪だな。

どれだけ眠っていたのかわからないが、はめ殺しの窓からはまだ日が差している。

新妻が慌てて会社から出て行くところを目撃した社員も多い。きっと誰かが動いてくれるだろうと信じる。それまでは、ここで頑張るしかない。

「……コレクションということは、俺はここで暮らすのか？」

確認のためにわざと尋ねた。

「そうだよ。でも、今だけだ。年明けには立派な部屋が出来上がるから、そうしたらお引っ越しだよ、新妻さん」

「食事はちゃんと出してくれるんだろうな？」

「当たり前じゃないか！　毛づやがよくなる、最高の料理を提供するよ。だから君のどんな些細《ささい》な姿も記録させて欲しい。ああ、僕の下にオスの三毛が来るなんて最高だ……！」

「……だったら申し訳ないが、なにか飲み物が欲しい。喉が渇いて仕方がないんだ」

挑発して相手を怒らせるのは賢いとは言えない。

新妻は深呼吸して気持ちを落ち着かせ、氏家に頼んだ。

「水なら、冷蔵庫の中に入っているから好きなだけ飲めばいい」

「冷蔵庫？」

さて、そんなものがここにあったか？　と首を傾げたがすぐにわかった。テレビ棚の下に白いキューブのような物がはめ込んである。きっとあれが冷蔵庫だ。ホテルなどでは、こういうタイプをよく見る。

新妻は氏家を見て「ありがとう」と言った。

すると氏家は「ネコちゃんが……僕に感謝している！」と浮かれた。

冷蔵庫の中には水だけでなく清涼飲料水も入っていた。一人では飲み切れないほどの量だ。

「ネコちゃん！　晩ご飯まで寝ているといいよ！　今夜は美味しい魚だよ。わざわざ取り寄せたんだ。楽しみにしていてね」

ああ気持ちが悪い、というのを顔には出さず、「楽しみにしている」と言って少しだけ微笑む。顔の筋肉が微笑を拒否しているが頑張って動かすしかない。

「ネコちゃんが！　笑ってる！」

氏家がスマホでパシャパシャと新妻の姿を写真に収め、「やった！」とスキップしながら出て行った。

「スマホ………俺のスマホ！」

体をまさぐってスラックスやジャケットのポケットを探る。だがどこにもなにも入っていなかった。

「ですよね……！」

いくら氏家がバカな男だとしても、監禁相手のスマホを放置するはずがない。

自分のスマホはどこかに捨てられてしまったのか、それとも、氏家が持っているのか。氏家が持っているなら幸いだ。新妻はスマホにGPS追跡アプリを入れている。ジャックが「設定しておきますね」とダウンロードしたときは若干引いてしまったが、彼がまずスマホから新妻の場所を捜してくれるだろう。

氏家のあの執着からして、新妻の身の回りのものは捨てずに保管していそうな予感がする。彼がスマホの追跡機能に気付かなければいいのだが。

「はー……、とにかく、体力の温存だな」

料理を食べるのは勇気がいるが、こんな鬱陶《うっとう》しいところに閉じ込められているのだから衰弱しないように食べるしかないし、拒否して相手を逆上させる方が怖い。希少な男の三毛猫のモフに毒を盛ったりはしないだろう。

ペットボトルは未開封なので、安心して水を飲んだ。

「ジャック……」

きっと心配している。

再会したら甘んじてお前の説教を受けるよ。本当にごめん。だから、もう一度お前のモフ尻尾に触らせてくれ。お前が望むならスーツで出社する。

しんと静まり返った部屋の中で、新妻はジャックのモフ尻尾を思い浮かべた。

「新妻さんが、氏家さんに呼ばれて出かけたって本当ですか？」

ジャックは首を傾げながらローワンに尋ねる。

「うんそう。ジャックが向こうで、トラブったらしくてね。…………あれ？　君はどうしてここにいるのかな？」

「俺はパルトネールの和久井さんが聞きたいことがあるって言ってると氏家さんから電話で言われて、さっきまで外出してました。出向いたら和久井さんに『呼んでないよ』って言われたから、急いで戻ったんですけど」

言いながらジャックの表情が徐々に強《こわ》ばる。

ローワンも同じだ。

「これは……新妻君がトラブルに遭《あ》ったということでいいのかな？」

「それ以外のなにがありますか？　この前の会議で、新妻さんが三毛のモフだとバレてから、氏家さんの態度があからさまに変わったじゃないですか。きっと氏家さんに」

「待て、待て待て、ジャック。むやみに人を疑ってはいけない。まずは確認だ」

ローワンが、今にも討ち入りに行きそうなジャックを宥める。

「そう、でした。俺が慌ててどうする。新妻さんの夫なんだから、取り乱さずに落ち着かないと」

ジャックはスマホを操作して、まず新妻がどこにいるか確認する。

「ん？　電話をかけないのかい？」

「はい。もし本当に新妻さんが危険な状態の場合、コール音が命取りになります」

するとローワンが「なるほどな」と感心した。

ジャックはアメリカの大手広告代理店の息子であり、幼少期から不測の事態に備えて訓練を受けている。だからこそ、新妻のスマホにも追跡アプリをダウンロードしたのだ。

「ローワンさん、田上さんを小会議室に呼んでもらえますか？」

ジャックはスマホの画面を見たまま、ぴくりともしない。

「わかった。では五分後に小会議室で」

「先に行ってます」

……なんで新妻さんはこんなところにいるんだ？　こんな、山間の、辺鄙《へんぴ》な場所。

メンバーはすぐに集まった。

斧形も「新妻になにかあったって？」と青い顔をしている。

「新妻さんのスマホのGPSが、ここから動きません」

ジャックはテーブルにスマホを置いて、新妻のスマホの現在地を指さした。

「あら、これって新興の別荘地区じゃない。まだ奥地まで道路が舗装されていなくて安価で売り出しているのよね」

田上の言葉に、斧形が「詳しいですね」と感心した。

「友人の別荘見学に連れて行かれたの。ちょっとした旅行だったわ。でも空気は澄んでて大自然って感じ。交通の便は最悪だけど」

そう言ったところで、事務のリスモフ女性がノックをして「失礼します」と小会議室に入ってきた。そして一枚のメモを田上に渡してすぐに部屋を出る。

「氏家さんは、先日から有給休暇中だそうよ。あらやだ、怪しいわ。ここに集まる前に事務の子に頼んでおいてよかった」

田上がうふふと微笑んで「さてどうしましょうか」と腰に手を当てた。

「本来ならば警察に動いてもらいたい。しかし、まずは失踪届を出してからになるな」

斧形は溜め息をつき、ローワンは「動きようがないね」と肩を落とす。

「まあそうですね。日本なら。あの、出向してきて一ヶ月も経っていませんが、休暇をいただいてもよろしいですか？　田上さん」

ジャックのオオカミ耳が二つともきゅっと前を向く。大きな尻尾は緊張でぴくりともしない。

「君に任せれば大丈夫、ということ？　最近のモフの誘拐事件と違うと言える？」

「田上さん。モフの誘拐事件は隠れ蓑《みの》かもしれません。誘拐されたモフをこんな山奥に連れて行くなんてリスクが高すぎる。一般的には、すぐにコンテナに入れて船の中です。珍しいモフは、もう少し待遇がいいかな……」

「詳しいのね」

「まあ、俺の立場上……いろんな話が耳に入ってきましたから。だから、その、お願いします」

深々と頭を下げるジャックの肩を斧形が叩いた。

「憶測じゃ警察は動いてくれない。だから、動かせる駒を持ったお前に任せるよ。それでいいですよね？　二人とも」

田上は「安全が最優先よ」と言い、ローワンは「逆に日本の警察に捕まらないように」と言った。

「ありがとうございます。俺は必ず新妻さんを連れて来ます。命を大事にします」

ジャックはスマホを手に取ると、真剣な表情で小会議室を出た。

その足で会社を出て、歩きながらスマホを操作する。コール二回で相手が電話に出た。

『時差があるところ申し訳ない。いつものメンバーで日本に来てくれないか？　俺の大事な人の一大事なんだ。詳細は追って知らせる』

メイン料理は鱈《たら》のホイル焼きで、大変旨かった。

誰が作っているのか、随分と美しい飾りつけだった。

受け取り口が狭くて惨《みじ》めな気分になるのを除けば、旨いコース料理だと思う。

「ネコちゃん！　全部食べてくれたんだね！　毛づやが悪くなったら最悪だもんね！」

窓の外は暗くて、部屋の中も薄暗い。

氏家に「もう少し明るい方がいい」と言ったら、「ネコちゃんはこれぐらいで十分だよ」と言われた。

どうやら人とは思われていないらしい。むかつく。

それでも新妻は文句を言わず「そういうものか」と頷いてベッドに寝転がる。

「寝たかったら寝ていいよ。でも、ちゃんとお風呂に入ってくれると嬉しいな。ネコは夜更かしだから、もう少し遅くなってから入るのかな？」

「そうだな。ゴロゴロしてから入るよ」

「うん。もしよかったら、その頭を撫でさせてくれないかな？　三毛になっているところ。可愛いよね。髪の毛の一部が三毛なんて」

まさか。誰が触らせるか。

新妻はにっこり笑って、「髪の艶がなくなるからダメだ。申し訳ない」と言った。

その代わりに、尻尾を持ち上げてパタパタとベッドを叩くところを見せてやる。

「ああああ！　ネコちゃん！　可愛いネコちゃん！　いいよいいよ、触れなくても！オスの三毛ってだけでとても可愛いんだから！」

氏家はその場で足踏みをして、泣きながら喜んでいる。

「じゃあ、おやすみ」

「うん、おやすみ！　ネコちゃん！　あとで可愛い着替えを用意しておくから、絶対に着てね！」

氏家は両手で顔を拭いながら、その場から駆け足で立ち去った。

「俺は人間なんだが……」

ベッドの上でゴロゴロしても眠くならないので、テレビをつける。

こんな薄暗いところで観たら目が悪くなるが、他にすることがないので仕方ない。

丁度夜のニュースの時間で、アメリカの著名人が自家用ジェットで日本に到着したところを映していた。

「はー……どこにでも金持ちはいるんだな。自家用ジェットって……」

暢気に呟いたところで、テロップを見て驚く。

『アメリカの大手広告代理店グレイス・パブリックのＣＥＯ　グレイス・柊《ひいらぎ》・ジョーンズ』

「もしかして……ジャックの父親じゃないか。どうしたおい」

立派なオオカミのモフであるジャックの父は、大勢のSPと共に自家用ジェットから降りて空港施設に入っていく。

もしかして、今回の俺の拉致《らち》と関係あるのか？　まさか、いやでも、タイミングがよすぎるだろ。

新妻はじっとりと手のひらに汗を掻いた。

「でも、俺がここにいることをジャックはきっと突き止める」

だってあいつはシンリンオオカミのモフで、俺の……俺の大事な予約夫だ。だから俺は、絶対に大丈夫。助け出される。

根拠のない自信と言われたらそれでおしまいだが、それでも新妻は、ジャックが助けに来てくれると信じている。

新妻は目を閉じたまま、続けて芸能ニュースを聞いた。


「俺は新妻さんを助けられるなら、手段は選ばない。持っているものはなんでも使う。俺の大事な人なんだ。無傷で助け出す」

ホテルの一室に集まった黒服のＳＰたちを前に、ジャックはそう言った。

ゴージャスなダイニングテーブルの上には、ＧＰＳで確認された新妻の位置が記載された地図がある。

国内外のさまざまな情報を有するグレイス・パブリックのＳＰたちは一般のＳＰと違い、少々特殊だ。ジャックの要求にも十分応えられる。

そしてジャックとその父は、公には会社と関係ないとされているさまざまな機関との深い繋がりもあり、今回の火器持ち込みも不問にされていた。

「端末の位置は目安の一つとしましょう。途中で捨てられている可能性もある」

「昨今のモフの誘拐事件に紛れての犯行ともいえますね。ただ、稚拙《ちせつ》です」

「山間で幸いです。火器を使用してもごまかせる」

彼らが冷静に言う横から、父が「お前の大事な人とは！　仕事をしに行ったのではなく、花嫁を捕まえたのかお前は！」と喜んだり呆れたりしている。

「お前にとって素晴らしい相手なら、私は反対しない。で？　オオカミのモフか？　それとも一般の子か？　……」

「いずれわかることだから言うけど、俺の大事な人は新妻高史さん。三毛猫のモフだ」

三毛猫はアメリカでも人気が高い。

みな一斉に「おう……」と感慨《かんがい》深い声を上げ、しばらくして「男？」と一斉に口を開いた。

「ジャック！　それはなんという……ラッキーアイテム、そして守り神！　知っているぞ、男の三毛のアメージングな力だ！　素晴らしい守り神が我が一族に加わるとは、ハレルヤ！」

　父が両手を合わせて目を閉じ、ＳＰたちは左胸に手を置いている。

「こんなことなら、戦闘機を持ってくるんだった！」

　それはやめて。

　ジャックは真顔で首を左右に振る。

「ロケットランチャーでどうにかなるのか？　近くの基地に連絡をつけようか」

「いやいやいや、派手にしないでくれ、父さん。新妻さんの正体がこれ以上広まってしまったら、大変なことになる。隠密に行きたい」

「そうだったな。日本は忍者の国だ。ところでもう忍者体験はしたかい？」

「いいえ。でもそのうちにしたいと思っています」

「ふむ。では、行動を起こすのは明日だな。準備も必要だ。私も久しぶりにワクワクしている」

　父が笑顔で尻尾をモッサモッサと振る。

「不謹慎です。俺は新妻さんが酷い目に遭っていないように祈ることしか出来ない。でも、珍しいモフを偏愛する男なら、新妻さんを苛《いじ》めないと思います。うん、苛めてない！　俺が助けに行くから大丈夫！」

自分に暗示を掛け、新妻の笑顔を思い出す。

「……ああそうだ。俺にも一丁、用意をお願いします」

「どうせならボウガンも持っていきなさい」

父はアクション映画の観すぎだと思う。ジャックは首を左右に振って「それは重いから、銃だけでいいです」と言った。

「随分お粗末なセキュリティで、拍子抜けです。GPS反応はあの別荘です。付近に住人はいません。ただ、あの別荘の一階部分が気になりますね。元々の建物を覆うようにして、小屋が作られています」

ライフルのスコープで確認したSPは、ジャックに「これなら突入は明るいうちがいいかもしれません」と言った。

対象の別荘から少し離れたコテージを即座に買い取り、ここを作戦室とした。

「建物が得体の知れないものだから？」

「いえ、相手は素人すぎるので、明るいうちに襲撃した方が怪我がなくて済むかと」

「わかった。俺も行く」

するとSPは渋い表情を浮かべ「ジャック様はここにいてください」と言った。

「まさか。俺がそんな命令を聞くわけがない」

「我々は一般のSPとは違います。いくら相手が素人とは言え、追いつめられたらなにをするかわかりません」

「わかってるよ。だからお前たちを呼んだんだ」

「では、あなたを守りながら向かいます」

「了解だ」

ジャックは黒のパンツに黒のTシャツ、ブーツも黒、防弾ベストも黒という黒ずくめで、SPたちと同じ恰好をした。

手にはなじんだ銃がある。

新妻の前でいつもふにゃふにゃしているジャックだったが、資産家の跡取りである以上、なにが起きるかわからないからと、護身術から銃の扱い、救急手当てなどを一通りレクチャーされている。特に銃を得意としていた。

「ジャック様、尻尾、気をつけてくださいね。あんまりモフモフさせると、枯れ葉に擦れて音が出ます」

「わかってる」

言ってるそばからモフ尻尾に枯れ葉が付いた。


ここに拉致されてから二日目だろうか、三日目だったか。途中で昼寝をしてしまったので、よくわからない。せめてカレンダーでもあればよかったのに。

風呂には入っているが、用意されている着替えには手を通していない。下着と靴下は毎日洗面台で洗ってる。

氏家は「ネコちゃんはお洗濯が好きなんだ～」と喜んでいたのでそれでいい。ちなみに今はノーパンの上にスラックスを穿《は》いている。

飲み物も温かいものは頼まないとダメなので、いい加減ホットコーヒーが恋しくなってきた。いつも行くチェーン店の期間限定のマロン&パンプキンラテが飲みたかったな……と思ったら、甘い物が食べたくなった。

「俺って、拉致されているくせに結構図々しいことを考えてるな」

死なないだろうとタカをくくっているからだ。

氏家がいつ気を変えるかわからないのに。

「早くジャックに会いたい……」

三回目のセックスがずっとお預けで申し訳ない。でもお預けなのはこっちもそうだ。今度は一緒に風呂に入って、体を洗いっこしよう。俺にモフ尻尾を洗わせて欲しい。コンデイショナーも付けてやりたい。きっと信じられないくらいモフッとふわっとするはずだ。

テレビは面白くないし、もう昼だというのに食事も来ない。

水があるからしばらく食事を抜かれてもどうにか過ごせるが、少し不安になる。

「はあ……」

さっきも風呂に入って水分補給をした。ここは乾燥して少しかさつく。

ベッドに仰向けに寝っ転がったら、視界の隅に黒いなにかが見えた。

まさかゴキブリかと頬を引きつらせたが、それははめ殺しの窓の外にいた。海外ドラマで見たことがある。なにかの特殊部隊だ。でもなんで？　まさか俺は、夜にも珍しい男の三毛猫モフだから海外に売られるのか？　あいつらに連れて行かれるのか？　うそだろ……！

氏家はどれだけ危険な連中と付き合いがあるのか。

自分を眠らせてここまで連れて来た男よりも、もっとヤバイ。なにせ銃が見えた。

窓が物凄い音を立てて割れた。なにかの破裂音にも似ていて、新妻は咄嗟にベッドの下に隠れる。

「新妻さんっ！　俺です！　ジャックです！　あなたを迎えに来ました！」

え？

新妻はおそるおそるベッドの下から這い出て、声のした方を見上げた。

黒装束の男が、割れた窓のこちらに向かって手を振っている。あのモフ耳は確かにジャックの耳だ。自分が間違えるはずがない。

「ジャック！　ガラスが飛び散って危ないから！」

「うん。今からそっち側に行くね。待ってて」

新妻の見ている前で、ジャックが割れたガラスを大股で避けながら歩いてきた。

「新妻さん！　会いたかった！　無事でよかった！」

「お前！　海外ドラマか！　……でも、助けに来てくれて嬉しい。どうやってここがわかった？」

新妻は、感動の再会をしようとしたジャックに抱き締められそうになって、ひょいと避けた。

「なんで！」

「体は洗えたけど……服は一度も着替えてないんだ。あと今は下着を干してて、ノーパン。あまり綺麗と言える状態じゃないから、お前に申し訳ない」

「ありがとうございますっ！　さあ新妻さん、俺と一緒に愛の巣へ行こう！」

「落ち着け！」

素早くモフ耳を摑まれて、引っ張られる。これではジャックは大人しくするしかない。

「新妻さんのスマホの位置を頼りに捜したの。遠くに捨ててあるかと思ったら……」

鉄格子の向こうにいた黒装束の男の一人が新妻のスマホを持って手を振っている。

「氏家さんって……バカだったんだな。俺なら川か池に捨ててたぞ。それをなんで大事に持ってる？」

「新妻さんのプライベート写真が入ってると思ってんじゃない？」

「あー…………ほんと、バカ」

「でもそのお陰で、新妻さんと無事に再会出来た。キスしていい？」

「助けてくれたことにはとても感謝しているが、それは二人きりのときにしてくれ」

周りに誰かがいるときに、キスなんて出来るか。俺がそういうのを嫌がるって、知っているだろうに！

新妻は、なかなか「待て」が出来ない恋人を前にして溜め息をつく。

「う……」

「いやだって、そこにいる美形のダンディなおじ様はお前の父親だろう？」

新妻が指さした先には、「南京錠が開かんな！」と言って銃を撃っているジャックの父の姿があった。

氏家は先に確保されて、ジャックの父に延々とお説教されたらしい。

これからは新妻君に近付きませんと「大人の約束」とやらをしたと聞いた。

ジャックの父は、陽気なおじ様で、せっかく日本に来たのだからウンジョー君と一緒に食べ歩きをするよと言って、去っていった。

もちろん、特殊部隊のようなＳＰのみなさんと一緒にだ。

汚い服のまま会って見送ってしまったが、改めてラッキーキャットに会いたいと言ってくれた。ラッキーキャットか。言い回しがジャックと同じで血を感じる。

「新妻さん、まずは田上さんたちに連絡して。俺に任せてくれたけどみんな凄く心配しているから」

自分のスマホを渡されて新妻はロックを解除する。そしてまず、田上に連絡をした。

その場にユニットが全員揃っていて、みんなの声が怒濤《どとう》となって聞こえてくる。

「なにもされてません。強いて言えば……飼われていたというところです。ジャックが助けてくれました。今二人とも無事です」

『ほんとによかった！　しばらく休みなさい！　有給がいっぱい残ってるでしょ？　今使わなくていつ使うのよ～！　上司命令だから！　話は休暇が終わってからよ！』

背後でローワンと斧形が「よかった！」「よかった！」と叫んでいる。

お言葉に甘えて、二日ほど休暇を取ってゆっくりしよう。

そう思って電話を切った。

どこも怪我なく助かったので現地解散ということだろうか。気がついたら、現場には自分とジャックしかいない。

「どうやって帰るんだ？」

「車を一台置いていってもらったので、それに乗って出かけましょう。善は急げというものです」

「出かけるって……どこへ？」

「内緒。ミステリーツアーみたいなものです。すぐ行きますよ！」

「着替えしなくていいのかよ」

「大丈夫。とにかくここを離れましょう」

「それもそうだな」

ジャックの車の助手席に座ってシートベルトを付けた新妻は、周りの風景がいつまで経っても大自然から変わらずに首を傾げた。

「そろそろですよ」

「………どこに行くかと思ったら」

せっかく休暇を取ったのに、またしてもコテージだ。しかし今度は、整備された道路と森の中にあった。

今まで通った道から、おそらくは資産家の別荘が並ぶ私用地だろう。駐車場には高価な外国車がいくつも駐まっていた。

「今度はまた、随分と立派なコテージだな。二階建て？　でも小さな三角窓が見えるから三階建てか？　凄いな、煙突がある！」

中には、薪が置かれた大きな暖炉と座り心地のよさそうなソファ。暖炉の前には寝転がれるラグマットも敷いてある。

「おおお！　いいなこういうの！　しかも、窓からの眺めが最高だ。湖か――……釣りが出来そうだな。夏なら泳げたかも」

そして窓越しの素晴らしい風景を目の当たりにした新妻は、「監禁されてたところと雲泥の差だ！　凄いわ、ここ。ジャック、連れてきてくれてありがとう」と喜んだ。

ここなら、十分休養が取れるだろう。

「ねえ新妻さん。このコテージね、俺の持ち物なんですよ。水も出るし電気もあるんです。自家発電って凄いね。ベッドもちゃんとメイクされているし、冷蔵庫に食材も入ってる」

「うん」

「ここなら、どんな恥ずかしい声を出しても、俺しか聞かないから」

話しながらジャックがジャケットのボタンを外していく。

互いの唇が触れるほど近づいて、吐息を掛けながらキスをした。ジャックに、子犬のように舐められると、胸の奥が甘く痺れる。

「ジャック……服、汚いままだから」

「え？　新妻さんいい匂いがするよ？　汚いところは脱がしていくから大丈夫」

ジャケットが床に落ち、ワイシャツのボタンも一つずつ外された。

ジャックが楽しそうにベルトに手を掛けて、スラックスのファスナーが下ろされる。

「本当に穿いてない。すごくエロくていい感じ。これ、職場でもやって？　ロッカールームで、俺だけにコッソリ見せて」

「バカ……そんな恥ずかしいこと……」

新妻は両手で股間を押さえたが、ジャックに「隠さないで見せて」と甘えた声でお願いされてゆるゆると手を離した。

「もしかして、朝、シャワー浴びた？　石けんの匂いがする」

ジャックが跪き、股間に鼻先を近付けて匂いを嗅ぎながら問われる。それだけで瞬く間に勃起した。

「浴びた。氏家が来ないうちに浴びておかないと……じろじろ見られるし」

「うん。俺以外に見せたくなかったんだよね？　だから今、俺に見られてこんなとろとろにさせてるの？」

陰茎は腹に付くほど勃起して、鈴口から先走りが溢れて止まらない。トロトロ流れて、陰毛や陰嚢まで濡らしていく。

「ジャック……見てるだけじゃなく、その……」

「いっぱい可愛がってあげる。俺もずっと、新妻さんをこうやって舐めて、可愛い声を上げさせて、恥ずかしそうに射精するところを見たかった」

「は、あっ、あ……っ」

立ったまま裏筋を舐められ、それと同時に尻尾の付け根をトントンと叩かれると甘い痺れに踵が浮く。我慢出来ずにいやらしく腰が揺れて、ジャックの指が動きやすいように足が開いていく。

「新妻さんも俺とセックスしたかったのがわかって嬉しい。愛してるよ」

「バカ、俺もだ。助けに来てくれて……凄く嬉しい……っ」

陰嚢を手のひらで転がしつつ優しく揉まれると、切なくてよくて「あーあー」と随分幼い声が出てしまう。

「ジャック、あっ、両方一緒は……無理……っ、一緒に弄らないでくれ、も、出るっ」

陰茎と陰嚢を舌と手のひらでねちねちと可愛がられて、腰の揺れが激しくなる。快感に合わせて勝手に揺れ、ジャックの髪を両手で掴んで、「ダメ、ダメ」と首を左右に振った。

ジャックが愛撫の手を強めていくと、新妻は彼の口の中に呆気なく果てる。

「バカ……飲むなよ……こんなの……」

「したかったから。ね、俺も、新妻さんの口の中に突っ込んで射精したい」

「ん」

新妻は目尻を赤く染めたままジャックを椅子に座らせて、自分は彼の足の間に跪く。

ぎこちない手つきでパンツのファスナーを下ろし、中から熱く滾った陰茎を取り出してキスをした。

自分がしてもらったように舌を這わせて、口いっぱいに頬張りながらゆるゆると扱くと、ジャックが気持ちよさそうに低く呻いた。

「気持ちいいよ、新妻さん」

よしよしと頭を撫でられ、猫耳をくすぐられると気持ちよくて下半身に熱が溜まる。

「ん、ん……っ」

「一生懸命で可愛い、新妻さん」

ジャックの指が、するりと新妻の背筋を撫でる。長い猫尻尾がピクピクと快感に震えた。

「ああ、椅子じゃ俺が上手く動けないな。ちょっと待ってね」

せっかく頬張っていた陰茎を抜かれたと思ったら、ジャックに引っ張られて二階の寝室に連れて行かれた。

「ね、ここでさ、フェラして」

　ベッドの背にもたれて足を広げるジャックの下にゆっくりと這って、すぐに陰茎を口に銜《くわ》える。

「んんっ！」

「ほら、この方が、新妻さんに触れる」

　ジャックが右手の指の腹で背筋を辿り、尻尾の付け根を弾くように強く叩いた。

　びくんと、新妻の腰が上がる。

　ジャックが尻尾の付け根を叩く度に、新妻の陰茎はひくひくと動いて勃起していく。

「ここ、少し硬くなってる」

　ジャックが新妻の尻尾を摑んで、先端で後孔をくすぐった。

「んんんんっ！」

　喉まで陰茎を銜えていては声も出せない。新妻は自分の尻尾で延々と後孔《こうこう》を嬲《なぶ》られる。

くすぐるだけでなく会陰までをするすると行き来した。

「俺の尻尾でなくても、気持ちよくなれるね」

　尻尾の先端が今度は裏筋をくすぐる。

新妻はゆるゆると腰を動かして、自分の尻尾の刺激に夢中になった。

「尻尾でオナニーをしてるの？　可愛い。そろそろ……俺の精液、飲んでくれる？」

新妻は小さく頷いて、ジャックの陰茎を扱きながら強く吸った。

喉の奥に熱い滾りを叩きつけられて、一瞬息が詰まる。それでも堪えて、すべてを飲み干し、鈴口にキスをして残滓まで丁寧に飲み込んだ。

荒い息を吐きながら、全部飲んでやったぞと口を開けて見せた。

「やば……。なにそれ。新妻さん、エロい……」

「こうして欲しかったんだろ？　お預けを食わせてしまったから甘やかしてやる、ジャック。お前はそのまま、寝転がってろ」

「え？」

とん、と胸を押されてジャックは仰向けに寝転んだ。

「お前が迎えに来てくれるって信じてた。だから凄く嬉しいよジャック。愛してる。お前以外の誰にも触って欲しくない。大好きだよ、俺のオオカミ」

新妻はジャックに見えるようにして自分で後孔を柔らかくし、彼の胴を跨《また》いで怒張を後孔に押しつける。

「あ、ああ、そんな、見てたら、恥ずかしい、だろ……っ」

ゆっくりと時間を掛けて、ジャックの陰茎を体の中に包み込んだ。

「俺だって、お前がして欲しいことをしてやりたいんだよ」

「うん。凄く気持ちいい。新妻さん好き。可愛い。俺のために頑張るところが可愛い」

「動くから、な」

「待って。ここから先は俺がしたい」

新妻はきょとんとした次の瞬間、腰を掴まれたまま激しく下から突き上げられて逃げられないまま強制的に絶頂に導かれた。

「ダメ、ダメっ、もっ、下から突かれたら出ちゃうっ、また出ちゃうから精液、出るっ！」

背を仰け反らせてジャックの胸まで精液を飛ばして果てる。

「もっとしていい？　俺、新妻さんの絶頂顔が大好きなんだ……」

「俺の恥ずかしい顔、見て、興奮するのかよ」

「うん。愛してる人が俺の愛撫で気持ちよくなってるところは興奮する」

「俺だって……同じだ。だから」

恥ずかしいけど好きにしていい。

新妻はそう囁いて、ジャックを力任せに抱き締めてキスをした。

随分自堕落な休暇を過ごしたと思う。なにせ殆どベッドから出なかった。風呂の中でもセックスをして、ちょっとイケナイ趣味に開眼しそうになった。

それでも気持ちを切り替える。

休暇を終えて出社すると、田上たちによく戻った！　熱い抱擁《ほうよう》で迎えられた。

田上経由で和久井たちにも情報が行ったようだが彼女は「あいつはいらないから。いなくなって清々した」とあっけらかんと笑った。

久保も「退職したと聞きましたよ。最高ですね」といい笑顔だった。

そして『創走』からは新しい担当がやってきた。会議のときに氏家のアシスタント言われていた柴犬モフの女性だ。

彼女は、レアモフが好きな氏家にいつも手柄を横取りされて悔しかったそうだ。

「これでやっと、私も自由に仕事が出来ます。これからよろしくお願いします」

柴犬ちゃんは元気いっぱいで、しかも斧形となんだかいい雰囲気なので、新妻たちはそっと見守っていこうと心に決めた。

そして、怒濤の事務処理を終えて新年。

二人はジャックのマンションで暮らしていた。こっちの方が広いし、駅にも近いからという理由だ。

ジャックには「三毛猫モフである高史さんのために、セキュリティのしっかりした新居を決めましょう！」と言われたが、急いで探すよりも、納得のいくまで物件をじっくりと選びたいと説明したら、「だったら俺と一緒に住んで！　広いし駅にも近いよ！」と必死な顔をされたら、可愛くて頷くしかなかった。

両親に「一緒に住みたい奴が出来たんだ」と電話口で告白したら、「そのうち一緒に遊びにいらっしゃい」と随分元気な声が返ってきた。否定的なニュアンスは感じなかった。きっとジャックを目の当たりにしたら、彼の堂々としたモフ具合にすぐ魅了されるだろう。

新妻はそれを思うと、思わずにやけた。

日本の正月に憧れていたジャックのために実家に帰らずおせちを予約し、小さな門松を玄関に飾り、雑煮を作り、テーブルの上は随分と華やかになった。

「まるで宝石のようです……っ！　これがおせち！　そしてこれが、日本の殺人兵器！」

ジャックは雑煮の椀を持って、「モチは慎重に」と言った。

「少しずつ千切って食べてくれ。そうすれば喉に引っかからないから」

「はい」

「出汁、旨いか？」

「最高です。……ところで日本にはとても素晴らしい新年の行事があると聞きました」

「初詣？　書き初めか？　それともはねつき？」

ジャックが静かに椀を置いて、笑顔で新妻を見た。

「姫はじめ。俺、姫はじめがしたいです！　したいしたい！　今年最初の合体！」

笑顔で尻尾を振って、可愛いさをアピールしても、新妻の表情は冷ややかなままだ。

「新妻さん……姫はじめ」

「それは元旦にするのではなく、二日にするものだ」

「え？」

「明日だよ。だから、明日のために体力を温存しておいてくれ。俺がお前をベッドから離さない。二人でいっぱい、気持ちいいことをしような？　俺の夫なら、一日中ベッドの中でも平気だよな？」

「予約じゃなく？」

「うん。俺が貰い受けた。だから……」

「新妻さんは俺の妻。俺だけの妻。可愛い奥さん……っ！」

ジャックの腕が腰に回ってゆるゆると動き出す。

「明日まで我慢だ。雑煮が冷める」

新妻の尻尾がジャックの腕に絡みついて優しく撫でた。

「うわ……マジか……新年早々……俺は……幸せすぎて死ぬ」

床に転がりながら「新妻さん大好き」を繰り返すジャックに、新妻は「そういえば俺たち、社内恋愛の社内結婚になるのか？　同性だからパートナーシップって形になるけど」と甘い追い打ちを掛ける。

「新妻さんは俺とずっと社内恋愛してください」

するると新妻は「ぷふっ」と噴き出して、「そんなの当たり前だ。愛してるぞ俺の夫」と言って、黒くて長い猫尻尾を可愛らしく揺らした。

あとがき

最後まで読んでくださってありがとうございます。高月まつりです。

モフの話です。

モフというかモフモフ。耳や尻尾の生えた人間たちの話で、もうこれ人外ものでいいんじゃないかなと思いつつ、最後まで楽しく書かせていただきました！

オオカミのモフを出したのは私の趣味です。尻尾の太い動物大好きです。

外側の毛は硬めだけど内側は柔らかい。最高ですね。


オオカミのジャックは、強引だけど受けにベタベタ甘えていく、強引甘え攻め。そして人の話をなかなか聞かないという私の大好きな攻めです。

というか……モフ系人外の攻めってオオカミが多いな私。でも好きだから。

黒猫（一応）の新妻さんは、最初は猛獣系で行こうかと思ったのですが、「あまり大きいのは……」ということで、家猫に落ち着きました。うざいほどの愛を注いでくるジャックには、新妻さんぐらいサクサクと突っ込みを入れてくれる受けが丁度いいと思います。彼らは末永く愛を育んで行きます。新婚旅行はアメリカかな……と考えてます（笑）。

イラストを描いてくださった明神翼先生！　本当にありがとうございました！　ジャックと新妻さんが素敵過ぎます。ジャックの大きな耳とモフモフ尻尾なんて触りたいほどです。いや触りたい！　にゃんこ新妻さんも最高に可愛いです。本当にありがとうございました！

それでは次回作でもお目にかかれたら幸いです。

本作品は書き下ろしです

高月まつり先生、明神翼先生へのお便り、
本作品に関するご意見、ご感想などは
〒101-8405
東京都千代田区神田三崎町2-18-11
二見書房　シャレード文庫
「モフィス・ラブ♥～ミケとオオカミの結婚攻防戦～」係まで。

CHARADE BUNKO

モフィス・ラブ♥～ミケとオオカミの結婚攻防戦《けっこんこうぼうせん》～

【著者】高月《こうづき》まつり

【発行所】株式会社二見書房
東京都千代田区神田三崎町2-18-11
電話　03(3515)2311[営業]
　　　03(3515)2314[編集]
振替　00170-4-2639
【印刷】株式会社 堀内印刷所
【製本】株式会社 村上製本所

落丁・乱丁本はお取り替えいたします。
定価は、カバーに表示してあります。

ISBN978-4-576-19173-7

https://charade.futami.co.jp/

CHARADE BUNKO

今すぐ読みたいラブがある!

髙月まつりの本

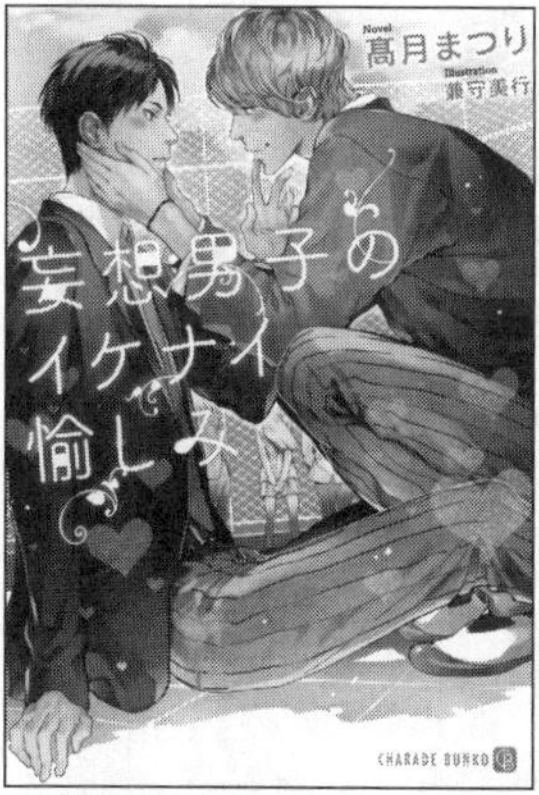

ああ、お前が好きなんだと言ってしまいたい!

妄想男子のイケナイ愉しみ

イラスト=兼守美行

幼馴染みの瑞原に想いを寄せている永塚。心も体も成長し、想いは膨れ上がるばかり。好きだと言えない代わりに、瑞原とのイケナイ妄想に耽るのが日課になっていた。想いが伝わるわけがないと思いつつも瑞原の言動にドキドキせずにはいられない。そんな中、両想いになれるジンクスがある文化祭の時期が近づいて…。